好好在一起,就是好好告别了。否则,无法再见的时候,那些被无视过的感情,都会一遍遍地虫噬你的心,成为对你当初凉薄的报复。

我家

My Family

闫红 著

北京联合出版公司
Beijing United Publishing Co.,Ltd.

有 态 度 的 阅 读

小马过河(天津)文化传播有限公司

目录

001　我奶奶
015　我姥姥
101　我妈
135　我爸
171　我舅姥爷
197　小舅姥爷的养女
217　姨姥爷的侄女
235　钟点工张小姐
245　护工小芹
259　姐妹俩
267　望六纺
279　家乡的格拉条

我奶奶

前段时间"江浙沪独生女"上热搜,我想起我奶奶。我奶奶不在江浙沪,但出生于1913年的她,是那个年代里罕见的独生女。

她的父母,被人称作绝户。在吾乡,"绝户"是最恶毒的诅咒,出门抬不起头,死了不能进祖坟;家产要交给族中子侄继承,图个有人摔盆打幡,要不这么干,就是整个家族的敌人。

我奶奶的父亲杨先生算是中产,家中有些地亩房产,这些早就被有儿子的族人视为自家应得的一笔财产,最后选定的那个人名叫杨又阁。我所以记得这么清,是因为这名字被我奶奶念了无数遍,一说起来就愤愤然。

她说杨又阁是她父亲的侄子,算是过继给她家。但并不和他们住,只是逢年过节就被他父亲牵着,拿着两包果子来吃饭。父子俩眼珠子满屋子转，杨又阁边看边吸溜着两条浓鼻涕，我奶奶认为，他们是要把这一向家里多了啥少了啥记下来。

"跟土匪一样。"这是我奶奶对他们的评价。

命定被洗劫，我奶奶的父母也不肯坐以待毙。女儿是他们在手掌心里捧大的，我奶奶常说，她爸将她放在心口嘴上疼。他们一心要从火灾现场帮她抢出点儿东西，她的婚事，是个机会。

我奶奶倒是不愁嫁，她身材高挑，眉清目秀，还是一张瓜子小脸，在一众女孩子里十分出挑，求亲的人早就踏破门槛。

但是就像《红楼梦》里紫鹃说的，女孩子嫁人是场赌。娘家有势力还好，对夫家是个震慑，在吾乡，男人要是敢怎么着，女人的父兄是会跑来砸锅倒灶，乃至于拳脚相向的。而黛玉以及我奶奶这种独生女，没有这种暴力资源，婚姻就是一场完全没有保障的冒险。

也可以招个上门女婿。但是"倒插门"在吾乡地位极低，基本上人人可欺，这意味着女人就得独当一面，为全家人遮风挡雨。像我奶奶这种娇滴滴的人，显然搞不定。

杨先生思来想去，不知道何去何从。

直到看见我爷爷。我爷爷当时在他们镇上生药铺当伙计，打了两三次交道后，杨先生感觉他像是天上掉下的一个人。他有杨先生想要的优点，更妙的是，也有杨先生想要的弱点。

优点是脑子好使，女儿往后不至于吃苦；又厚道，不会让女儿吃亏。

弱点呢，是其貌不扬，尤其是个子不高，我奶奶说没她高。我奶奶差不多一米六五左右，就算男人没女人看着显高，我爷爷也铁定是个小个子。再有就是家里太穷，独门小姓，是从山东枣庄逃荒要饭过来的，近乎赤贫。

但这些别人不取之处，在杨先生眼中是正正好。真十全十美了，怎么拿捏得住呢？

这个山东人因此成了我爷爷，杨先生给他十块银圆，算是我奶奶的嫁妆，他靠这第一桶金开起了生药铺，生意不错。

逃荒要饭来的穷小子，迎娶了小镇"白富美"，登上人生巅峰。我爷爷眩晕之余,感激命运,感激岳父,更感激我奶奶。

"被宠爱的总是有恃无恐",我奶奶对于被爱,有一种理所当然的态度,别人看了,不敢不对她好。她嫁给我爷爷后,家中有限的资源,也全向她倾斜。

我奶奶多次说过一件事,一九六〇年大饥荒,我九岁的姑姑想吃我奶奶碗里的一小截胡萝卜,被我爷爷打了一顿,她捶地打滚地哭,到了也没吃上。

这事儿我奶奶说了很多次,我每次听了都暗暗震惊,不在于我爷爷有多暴力,小儿无聊,撒娇撒痴躺在地上哭很常见。但是一小截胡萝卜,给老婆而不是女儿吃,太超出我的经验了。我们家有什么好吃的,我妈我姥姥都是给我吃,她们同时鄙视不这么做的人。我奶奶跟我所了解的女性固然不同,我爷爷的做法也是别具一格。

在那个认定女人这辈子只能为丈夫孩子活,否则就天理难容的年代,我爷爷把我奶奶宠成了公主。受宠这件事是良性循环的,在爹妈跟前受宠,就有机会获得同样疼爱她的丈夫,同样,一个被丈夫疼爱的妻子,就会拥有一个特别孝顺的儿子。那种秩序会在潜移默化中建立起来,我爸爸就是这样的一个儿子。

我爸是出了名的孝子,事迹上过《人民日报》(海外版)。随便举个例子,我爸退伍时,拿到一笔退伍金,那时我三岁,我弟弟一岁,我爸没想过给我们添置什么,拿着钱就带我奶奶去南京马鞍山玩了一圈,拍了不少照片。

到回家时,只剩两百多块,我爸买了辆自行车,骑了好几十年,现在还在。

爱这样东西,可能也是守恒的,给这个人多了,给那个人就会少一点儿,不但我妈,连我和我奶奶之间,无形中都有了一种竞争关系。

我曾经非常遗憾自己没有祖辈缘,跟我奶奶尤其不投缘。我当时觉得我奶奶不喜欢我,现在想来,"不喜欢"三个字有点儿重,更准确地说,我奶奶对我不感兴趣。在我之前,她已经有了五个孙女,我是第六个,没有孙子。

我奶奶虽然受益于"独生女"的身份,但同时对"绝户"这两个字有深刻认知。我忘了是第几个堂姐出生时,她说,她五十多了还没有孙子,没脸出门了。

我出生的消息传到乡间,捎信的人这么跟她说:"又来了一个给你送猪心肺的。"在吾乡,孙女婿第一次上门,要给爷爷奶奶送猪心肺。捎信的人用了个典,跟古雅的"中副车"差不多。

我奶奶倒也没怎么沮丧,这可能因为她心里终究住着个少女,她没有那种苦大仇深的家族责任,当个笑话说给我们听。

等到我弟弟出生,也没见她特别激动,少女对孩子是不太感兴趣的。她有兴趣的,只是她自己。

她属于美而自知那一类,被人赞美就会很开心。而我们那时候认知还不够先进,就觉得,这么大岁数了,还有什么美貌可言?对于她孜孜不倦的求美之心,也非常看不惯。比如我奶奶那时候就懂得用鸡蛋清敷脸,她每次这么做时,我们都感到匪夷所思，七十多岁的人，真的有必要这么努力吗？

她晚年时头发极度稀疏，几乎遮不住头皮，还在脑后认真地绾了个髻，我每每看了都要发笑，觉得这不合时宜的郑重很滑稽。

我是到很多年后，才发现我奶奶领时代之先，每一个女人都应该像她这样对自己不抛弃不放弃。这时候我已经是一个中年女人，不再将他人的爱视作刚需。我奶奶来到这世间，是要做她自己，而不是我奶奶的。将她视为独立个体，会发现，她这个人，还挺有意思。

我发现她是个美人，在那些旧照片上，在我的记忆里。我还发现她是个文艺女青年，虽然她不喝茶，也不会琴棋书画，但在那个淮河小镇上，很少有谁像她这样，注重文化生活。

我奶奶的家庭地位，使她有条件从家务劳动中解脱出来，有大把闲暇看戏，看各种戏。我小时候，无数次在饭桌上，听我奶奶说起她看过的那些戏。

比如说《薛凤英上吊》，类似于《打芦花》，继母虐童的故事。似乎这种原型古今中外都很流行，有本书说是因为很多孩子在某些瞬间会觉得亲妈凶得像后妈，就想象有个亲妈在九泉之下。

这无法说服我，小孩子怕的，可能还真是传说中的继母。薛凤英的处境更悲惨，她是女孩，她父亲最后也没帮她出头，她只好去上吊，这也是吾乡不幸的女人最常见的自杀方式。

我奶奶还记得很多民间传说，她说我大伯少年时曾经拿着纸和笔坐在她面前，让她口述，他记下来。我大伯后来进了文联，成了职业作家，我觉得这跟我奶奶喜欢讲故事不无关系。

我更爱听那种非虚构的，比如说"跑反"。二十世纪三十年代，位于三县交界处的集镇经常有土匪袭掠，三天两头要跑反，大姑娘、小媳妇脸上还要抹上锅灰。现在想来，这办法没啥效果吧？土匪有那么看脸吗？

我奶奶讲了一件事，说有个姑娘，跑反时脚步慢了点儿，被土匪头子抓住了。这姑娘很聪明，当即跪下来给土匪磕了个头，喊了声"俺爹"。我奶奶赞赏的语气让我吃惊，这姑娘下跪磕头还喊土

"爹"，太没骨气了，不是说士可杀不可辱吗？

许多年之后，我再想起这个故事，感叹的倒是土匪头子的反应。据说土匪头子慌得赶紧把姑娘扶起来，真的以父女之礼待她。乡间伦理，对于土匪竟然有约束，又和我在书本上读到的完全不同。不过，土匪也是老百姓出身，他们没有王法，却也要维持内部的秩序，不能不重视伦理。

我奶奶对国民党也有印象，他们在镇上来来去去，我爷爷为自保，和一位团长建立起交情。说来团长也是个大军官，但是，可能正赶上解放前夕，大军围合，朝不保夕，我奶奶记忆里的团长，还挺草根。

她说团长有个小老婆——这符合国民党军官通常的人设。有一晚，团长带着小老婆，到我爷爷家里借锅蒸馒头。那是青黄不接的时候，也不知道团长从哪里弄来那么多白面，蒸了好几锅馒头。

我想象那个场景，总觉得又写实又荒诞。大时代的兵荒马乱里，藏着这一刻家常，煤油灯芯颤颤巍巍，灶膛的火时明时暗，男人们会谈些什么？天下大势还是天气？而我奶奶这样一个良家妇女和团长小老婆齐心协力地续柴添水，合作得天衣无缝，真是时代的风云际会。

我姥姥这辈子也经过很多事，但她就懒得说，她和很多妇女一样，心高气傲，认为爱讲话很丢脸。这也许是因为她们从不被耐心倾听，没有获得鼓励，她们打小就被要求闭嘴，我奶奶独生女的身份，使她相对活得欢脱一点儿。

她说话时很注重修辞，比如有时候她跟我说个什么事儿，我抢白她说"我知道"，她就说："你知道？你知道麻虾打哪头放屁？"然后她像博物君一样告诉我，麻虾是从头上放屁，我对这一冷知识半信半疑，到现在也没有验证。

我奶奶和我姥姥不同，还在于她不那么追求实用性。比如说同样是延续传统，我姥姥用锅灰过滤出来的水，代替肥皂洗衣服，我奶奶则是喜欢DIY。

她曾就地取材，用几根木棒搭起一架织布机，织出长长的带子，做裤带，或是绑腿，还买了颜料染色。有时，她用面糊"打浆子"，将我爸从单位带回来的报纸折叠,裱糊成一个对开文件夹大小的纸匣子,里面有四处可以打开存放针线的地方,她还会选取好看的花布,粘在外面装饰。

她善于做面食,最擅长的是蒸"水烙馍"——一种薄饼,吃法类似于贵州的"丝娃娃"。万物皆可卷,椿芽,蒜薹,土豆丝,等等。最美好的是在端午前后卷咸鸭蛋,我到现在都觉得,咸蛋这东西,端午前后最具风味。

搁现在,我奶奶应该就是那种喜欢烘焙和手作的文艺妇女,是一个喜欢表达和善于表达的人,一个活得挺有精气神儿的老太太。她对生活的热爱,值得肯定和学习。

但那时,我把我奶奶当成生命里的路人。她不像我姥姥,对我有很多爱,也有很多要求,我们之间没有黏着性。在她心里,应该也是这样的,她的经验里只有被爱,不懂得爱,和大多数女人正相反。

这几年,我越来越多地想到我奶奶,开始想,我得以成为一个写作者,是否与她有关?她爱讲故事,她喜欢表达,尤其是,她从来都不打算成为一个温良恭俭让的所谓传统女性,这是否也潜移默化地影响了我,让我知道框架之外,还可以有另一种人生?我仍然不喜欢她,但也开始想,她的过于自我,是不是对这总要求女性牺牲的世界,是一种有益的矫枉过正?

缘分不一定只有一种体现形式,相亲相爱是一种,不亲近但有所取,也未必不是一种。我于是对我奶奶,有了一些不带感情的怀念。

我姥姥

一

在我姥爷的葬礼上，我看到我姥姥。她原本住在几十公里外的娘家，得了消息，一连串给我妈打电话，非要来。我妈觉得荒唐，都离婚六七十年了，彼此人生被刷新了好多回，再来这一趟又何必。

但我姥姥很坚持，那几个和我妈同父异母的舅舅也不反对，至于其他人——会反对、能反对的人，都已经去世了。

所以我姥姥在我姥爷下葬这天赶来，她重重叠叠地穿了很多，还披了件丝绒披肩，是我在某个旅游景点给她买的，她平时坐着时搭一下腿。今天这个披肩回归到应有的位置，让她有一种戏剧化的华贵与威风凛凛。

我扶她下车时，碰到她手腕上冰凉的珠串。她喜欢戴珠子，有很多不值钱的珠子，至于戴几串，由她出席场合的规模大小而定，我看得出她这次的严阵以待，像影视剧里准备回宫放大招的后妃。

她一进门就开始哭，哭得跌宕起伏，隐隐有哨音，眼泪鼻涕决堤而出。

这哭声是一种联结，将她和我姥爷断了几十年的关系千丝万缕地续上；哭声也是宣示主权，在这方寸之地，她是响当当的"未亡人"；哭声还是一种叙事方式，很写意地呈现她和他的一生，时光奔涌而来，多年狗血的纠缠，终以送君一程为收梢。

女眷们纷纷劝她节哀，将她扶到沙发上。她眼圈红红而又庞大舒适地在沙发上坐定，对着那口冰棺，俨然是这笔资产的守护者。

谈话进入日常，我听到我姥姥的嗓门越来越大，悲伤消退，亢奋浮出，她的状态越来越澎湃。有人问她身体如何，她提高嗓门回答："好得很，我要活到一百岁呢！"

这事真不带赌咒发誓的，更主要的是，有必要在这些人面前定下这个KPI吗?人家也没那么关心啊。

可能她就是这么一说,吹个牛,灭人威风,我姥姥想灭的人是谁?莫非是躺在冰棺里的我姥爷?

是的,一块黄色锦缎将他从头到脚覆盖,只能看到一点儿轮廓,比我记忆中瘦小,不知道是我记忆有误,还是疾病和死亡的作用。两三个小时后,他就要化作一把灰,若有在天之灵,面对我姥姥的挑衅,也只能甘拜下风。

我姥姥这心态真是纠结,大老远跑来,又要做未亡人,又要做对手,心存哀戚,也要宣布胜利。但胜之不武,全靠长寿基因。不过有这个基因确实很无敌,恩恩怨怨了一辈子的那几个人,都死了,只剩她,硕果仅存。

他们都闭了嘴,她成了可以说最后那句话的人,当然是想怎么说就怎么说,这是活到最后的福利。

我姥姥十九岁那年嫁给了我姥爷,两年后,我妈五个月,他们离婚。我一直打听其中缘由,众说纷纭。

我姥爷说，我姥姥这个人不讲理。那年他出差要去巢湖，我姥姥一个没出过门的乡下女人，认为巢湖远在天边，他这一去将不复返。她抓住他的背包带子，一定要他扯了离婚证才放他走。

我爸说，那是一九五〇年，"离婚法"刚刚颁布，满世界都在唱刘巧儿，政府鼓励自由结婚，也鼓励自由离婚。机关里都在离婚，我姥姥姥爷，赶上了这个潮流。

和我姥姥有过节的我奶奶则说，我姥姥太厉害，经常当着人家的面跟我姥爷大吵大闹，我姥爷他妈看不过去了，跟我姥姥说："男人是秤砣，虽小压千斤。你得给他一点儿面子。"我姥姥当时没吭声，晚上什么事儿跟我姥爷说岔了，一脚把我姥爷踹到床下。隔壁我姥爷他妈听到咕咚一声，问咋回事，我姥姥高声答：秤砣掉地上了！

我姥姥自己本人则说，我姥爷耳根子太软，太听家里人的话。他家里人都不是东西，非逼着他俩离婚。他俩都没有拌过嘴。

不能说谁说了假话，就是个风云际会的结果。我从小就知道我姥姥暴躁，我爸说当地人称"鬼见愁"，所以，大家对我姥爷跟我姥姥离婚，大多持理解的态度。

我姥爷离婚后又再娶，第二任妻子是个妇女干部，姓孟，人长得挺好，但脾气也好不到哪里去。结婚后跟我姥姥一碰面，算得上棋逢对手。

她们吵过很多架，我姥姥说每次都是她占上风，我没听过反方意见，不怎么信。再说了，就算占了上风又怎么样，还是要看谁过得好啊，从我妈小时候的孤苦处境看，我姥姥明显不如官场情场双得意的孟女士过得好。

孟女士婚后生了三个儿子，也没影响她搞事业，一路提拔。但太得意也不是好事，孟女士顺得有点儿迷糊了，在"引蛇出洞"那会儿说了些不该说的话，被打成右派，组织上就来跟我姥爷谈话，要我姥爷跟她离婚，我姥爷承受不住压力，离了。

孟女士跌落云端，家庭破碎，她被发配到城南养猪场改造。但她对生活依然怀有希望，快过年时，她偷摸跑出来，冒着大雪走了二十公里，来到我姥爷家。

还没进门，她就被我姥爷他爸撵出来了。据说老头拎了一把铁锹，对着她的脚就铲，像是铲一坨牛粪，唯恐她在刚打扫干净的小院留下印迹。我不知道我姥爷当时在干吗，在各种故事里，在各个版本的叙述里，他都隐身了，反正跟着孟女士出来的，是她那三个可怜的儿子。

子因母贵，孟女士得意之时，她的三个儿子得万千宠爱，爷爷奶奶自不必说，亲戚、邻居全部笑脸相迎。他们出个门，都是撩着衣襟回家的，兜着各路人士赠送的花生、果子等等。

如今孟女士落魄，三个孩子也遭了殃，外人的冷落自不必说，就是爷爷奶奶，亲昵也少了几分。三舅后来耳朵不太好，说是因为那几年睡觉前总在哭，泪水流到耳朵里，落下中耳炎的毛病。

几个可怜的娃，看到母亲来了，就算她狼狈得像个叫花子，也是要随她而去的。

但一个女人，带着三个孩子，去哪里呢？这

时，我姥爷家旁边那间偏厦[1]的门，无声地为他们娘四个打开了。

我姥姥就住在那偏厦。在吾乡，偏厦一般在院子里，依着正屋而建。我姥姥跟我姥爷离婚后，我姥爷家里拆了原来的院墙，在主屋和偏厦中间修了一道墙，就把偏厦从院子里给撇出来了。这偏厦的风格就有点儿怪，像凭空长出来的畸形物，低矮的门像独眼，幽怨地注视着旁边那家人。

但此刻，对于孟女士来说，它是这世界上最温暖的地方，是她唯一能够投奔的所在。

坐在我姥姥家的煤油灯前，她像是我姥姥一个落难的姐妹。似乎，在孟女士出现在门口，与我姥姥四目相对的一瞬，一种新的关系就在她们之间生成了，这种关系，贯穿了她们整整一生。

她们整个春节都在促膝而谈，相同的命运让她们有太多共同话题，声讨诅咒我姥爷他爸妈应该是最重要一项。从她们后来的表现看，我猜她们是不

1.偏厦：正屋旁依墙所搭小屋。也作"披厦"。

大舍得骂我姥爷的,最多说他耳根软。

春节过后,孟女士继续回去改造,三个儿子留在我姥姥家,由我姥姥照顾,很久之后,他们才被孟女士家人接走。

孟女士还是厉害的,没几年,她摘帽了。摘帽不能算完全改正,但像她这种能量强的人,给点儿阳光就能灿烂。钮祜禄·孟归来,官复原职,遗憾的是我姥爷已经结了第三次婚,据说也是"组织上"介绍的。

孟女士一怒之下跑到我姥爷他们单位,砸掉了大门口的牌子,冲到走廊里,大喊:"姓王的你给我出来,把我的破男人还给我!"——姓王的是我姥爷他们单位领导,劝我姥爷离婚,给我姥爷介绍对象这些事都是他干的,他是组织的代言人。

姓王的哪敢出来,早从后门溜掉了。孟女士求告无门,去了北京,据说还成功地见到了某中央领导人,并获得对方的签字:请省、地、县三级政府调查处理!

县里领导硬着头皮找我姥爷两口子谈话。我姥爷再娶的妻子姓施，施女士不吵不闹，说，让老江表态吧，他愿意跟谁过就跟谁过，我没有任何意见。

跟前面两位比，是不是太贤德淑良了？而且，这位施女士出自县城名门，平日里谦恭礼让，做得一手好菜，人们都说她像个日本女人。那年代，很多人都知道一句话——请中国厨子，娶日本老婆。施女士一人身兼两个角色，集齐男人的梦想。

于是我姥爷对县领导说："老孟跟我爹妈都处不来，家里压力太大……"

孟女士折戟沉沙，却也不甘心将江山拱手让人，从此与我姥姥联手，三天两头地跑到我姥爷家闹。

我姥姥突然充满了荒诞的正义感，多少年之后，她还愤愤地跟我说，我姥爷所以放弃孟女士选择施女士，是因为施女士已经怀孕。她还说，这正是施女士格外偏爱她的大儿子的原因，要不是肚里有了这个孩子，我姥爷肯定不要她了。

唉，我姥爷选择谁，和她有什么关系呢？她这一辈子最大的错觉，大概就是觉得我姥爷一直和她有关吧。

孟女士就比她明白，纠缠了年把半年，看清形势，死了心，调到外地，在当地成了家。那年月，拿工资的妇女干部还是挺吃香的。我隐隐也听说，曾有位丧妻的干部，向我姥姥提过亲，被她拒绝了。

她觉得她是王宝钏，她不改嫁，就是在守寒窑。没错，我姥爷是再婚了，但那又怎样，薛平贵还娶了代战公主了呢，人王宝钏不还是响当当的正妻？

每个人都要找到自己的叙事，如艾略特所言，就算不如意，也要"成功地把自己转变为一个令人感动的悲剧人物"，在我姥姥眼中，王宝钏和她父亲的那段斗争可以忽略不计，重点是一个"守"字，什么爱不爱的也不重要，重要的是那份作为正室的响当当。

我十来岁那年，我姥姥的一个故人来看她，不知怎的，说到我姥爷，那个朋友是个很会说话的人，就说："不管怎样，你还是老大。"我姥姥自得地笑了，那朋友又问："他经常来这儿吗？"我姥姥反常地降低了音调，说："来。"并轻轻地，碰了一下我的膝盖。

她这是在暗示我，却那么轻的一下，像是一种恳求，求我不要说出真相，让她的朋友，误以为我姥爷一直与她藕断丝连。那是我心中我姥姥最为弱小的时刻，其他时候，她都非常强势、庞大。

她只是要让朋友有这种错觉吗？还是，这些年来，她一直给自己这种错觉——我姥爷从来，没在她的生活里走远。

她晚年做了很多奇怪的事，比如想在我姥爷他们村弄块宅基地。虽然我妈进城她也跟着搬到城里了，她还是想埋在那里，不想做一个孤魂野鬼；她热情地接待我姥爷家的亲戚，甚至抛却多年恩怨，把我姥爷他妈、她的前任婆婆接到我家来住了几天；她一直怨恨施女士，孟女士已经另起炉灶，在她看来，施女士就是占了她的份额。

可是，听到施女士去世的消息，她没有说什

么，叹了口气，随后，孟女士也走了，我感到她的恐惧。她说："这是一个拽着一个啊！"现在，我姥爷也去世了，她内心该是怎样的百味杂陈，有笑到最后的骄傲吧？有独孤求败的惶恐吧？还有，面对着所有故人的离去，那种深刻的孤独吧？

终于等到跟遗体告别，人们在院子里排成队，我和我妈等人，作为至亲先进去，绕棺一圈时，我瞥见我姥姥坐在里屋。我们走出来，其他人鱼贯而入，我姥姥颤巍巍地从里屋出来，站在客厅门口，人们绕棺出来必经那里，都正是不知如何是好，少不得要握住这个老太太的手，说上点儿什么。

于是，在我姥爷的遗体告别仪式上，我姥姥俨然有了逝者家属的感觉，我看到她握住每一个人的手，脸上的笑容是羞涩的，仿佛在感受一种偷来的幸福。我突然觉得，我姥姥苦熬了一辈子，就在等这一刻，施女士死了，孟女士死了，我姥爷也死了，没有人能跳出来抗议，说她不能代表逝者家属，在我姥爷的肉体即将成灰之前，我姥姥获得她自己的圆满。

第二天,我姥爷下葬,那地方离我回家的高速公路很近,施女士也葬在那里。但我姥姥不会葬在那里了,她好不容易弄到的那块地,建高速时被征走了。

这也是好事,我不希望她葬在那个村,我是她带大的孩子,我爱她,我希望她的灵魂能得安宁。我觉得,忘记那个村庄,忘记我姥爷和他爸妈,忘记王宝钏的故事,她的灵魂才能真正安宁。

二

我姥爷的第二任妻子孟女士右派"摘帽"后,想回到从前的生活。但别的都好说,她的丈夫,不,应该说是前夫,也就是我姥爷,已经跟别人结婚,破镜能圆,覆水难收。

孟女士咽不下这口气,我姥姥也替她咽不下这口气,相似的际遇,让她们成为天然盟友。二人同心,其利断金,她们联手要断的,是我姥爷新缔结的姻缘。

后来大家也都知道了，没断成。当着组织面，我姥爷选择和第三任妻子施女士在一起。在这场"夺夫之战"中，施女士是最大赢家。不要说孟女士，就是我姥姥，一提起这事儿都意难平。

不过在外人看来，我姥爷选择施女士太正常了，他肯定得选施女士。三个女人中，她最有文化，最安静，也最会照顾人。但亲戚们对她能力肯定的同时，也表示不太喜欢她，她见人有距离，跟谁都不亲近。

我十二岁之前，没有见过她。我连我姥爷都没怎么见过。隐约记得两三岁的时候，我姥爷从县城来过我们家几次，他当时在要害部门，身边总是前呼后拥的一大群人。后来他调到不那么重要的岗位，来市里办事的机会少了，就在我的生活里完全消失了。

十二岁那年，某个雨后的傍晚，坐在厨房里吃饭的我，看到一个美丽的女子撑一把美丽的伞从厨房窗外经过，我暗暗希望她是来我们家的。然后，她真就推开我家的院门，我妈说，哎哟，你怎么来了。

那是我二十岁的小姨,不知她为何忽然记起这个姐姐。反正和我姥爷家的外交就这么恢复了。不久,我最小的舅舅结婚,我妈带我去喝喜酒。我们坐了几个小时汽车,来到百十公里外的小城,下车后,我妈犹豫了一下,说,去给你买双新鞋吧。她在县城百货大楼,给我买了一双红色的旅游鞋,替换掉我脚上那双太旧的白球鞋。

旅游鞋18块,对极度节约的我妈来说是一笔不小的开支,这是我当时最贵的一双鞋。

在我姥爷家自建的二层小楼门口,我见到了传说中的施女士,我妈叫我喊她姥姥。施姥姥走上来,亲热而不失分寸地寒暄着,笑容很安静。在吾乡,很少有长辈像她这样微笑,嬉笑怒骂才是常规表情,人人脸上表情纹都很明显。我想,这可能跟她从前是大地主家的小姐有关吧。

我姥姥家也是地主,破落土地主,我姥姥的爸爸嗜赌成性,把家里的土地输光了。这位施姥姥家不同,我后来见过她母亲,一个吃斋念佛的老太太，衣着素净，眉眼柔顺，除了反对子孙杀鸡，对世事一概一副不参与的姿态。

待到进了屋，我只觉得眼前一亮，那个堂屋也就是客厅不算太大，看上去却格外空旷。像那个日本人写的书名："我的家里空无一物。"

房间正中是一张裂了缝的八仙桌，铺了张玻璃板，摆着一盘洗得干干净净带缨子的脆萝卜。上青下白的大萝卜，影影绰绰地映在擦出了通透感的玻璃桌面上，像一幅极富透视感的水彩画。

家具不多，电视机还是十二寸黑白的。但所有的家具都一件是一件，很有根基的样子，以后应该也不会随便扔掉。

事实正是如此，那两个人造革单人沙发，我二十多年前就见它们在那里，普普通通。二十多年之后，它们驻守原处，年年相见，并不见老，倒有一种故意做旧般的艺术感。我后来听到一种说法，使用才是真正的断舍离，年复一年使用同一样东西，不购置新品，既环保，又能总待在时光深处，只是有点儿违背喜新厌旧的人性。

施姥姥给我们拿点心，从一个外漆斑驳但很干净的饼干桶里。她说她去那点心作坊看过了，确定他们家很卫生才买的。我姥爷便说施姥姥这洁癖害了他，现在他都没法在外面吃饭，再大的饭店，厨房都没法看。有次坐长途车，路过的小店实在没法下脚，他只好买了两个白煮蛋，在路边蹲着剥开吃了。

怎么描述我当时的心情呢，很像初入荣国府的林黛玉，眼前所见倒不怎么奢华，可是他们的活法真不一般啊。我自己家就活得很糙，有点心吃就不错了，哪有那么多讲究。

这当然得益于施姥姥的"生活力"。

那时候没有这种词，统称为"会过日子"。有的人所谓"会过日子"就是一味地省，施姥姥的"会过日子"是有技术含量的。

她是将手边所有的"好"都用上，活出螺蛳壳里做道场的精益求精，具体说就是她能用五百块钱，过出五千块钱的生活质量。这也算让手里有限的资金大幅度升值了不是吗？

两家建交之后简单了，小舅舅婚礼之后几乎每一个暑假，我都要去姥爷家住几天。其实不是很愉快的体验，在我姥爷家，我总是很紧张，他远远地坐在八仙桌上首，喝酒，夹菜，有时会高瞻远瞩地挥一下筷子，张罗我夹菜。

我小心地夹上一筷子，暗暗估量我的动作在我姥爷眼里是否合乎标准。他是和蔼的，但不知怎的，我在心里将他设置为一个评判者。

可能因为知道他不爱我，有次他说起我小时候的样子，说又黑又瘦，他看到心里凉了半截，我听得一肚子问号——我从小白白胖胖，跟"黑瘦"二字无缘。他之所以会有这种印象，要么是把别处的记忆移植到我身上了，要么他在看到我之前，就已经打算不喜欢我了。

但我还是愿意去，哪个孩子不喜欢走亲戚呢？我们家亲戚太少了。再有，虽然我姥爷不像个亲戚，但施姥姥，可是个很会制造"亲戚家"那种氛围感的人。

她认真地记得每一个人爱吃什么，人家来之

前，她就开始筹备。

我嗜辣，她就把青椒的内瓤掏出来，填进去鲜嫩的豆腐，上锅蒸。雾气丝丝缕缕地溢出，豆腐与青椒两相勾兑，像是投缘的两个人，都拿出最好的一面。豆腐去了豆腥，青椒去了清气，鲜香得十分绸缪，辣是足够辣的，辣里带一点点绵柔，让人欲罢不能。

这道菜很花心思，我很少会遇到谁这么隆重的对待。

施姥姥看着我吃得稀里哗啦，又是哈气又是抹汗，又要当心别把舌头吞下去，她的神情悠然自得，说，她总是选最好的食材。

她是可以以此为傲，我跟她买过几次菜，在买菜这件事上，她很专业。

雾气弥漫的清晨，她牵着我的手，走过狭窄的铺着青石板的小巷。露水把它们濡湿，穿着塑料凉鞋走在上面，不知道在什么地方脚下就会一滑。遇见熟人，她跟人介绍："这是老大家丫头。"对方也忙亲切地寒暄几句，浑若无事地，掩饰掉那种不合时宜的心知肚明。

菜市不大，两溜菜摊一摆，更显得拥挤杂沓。施姥姥从第一家开始打招呼，她能喊出每一个菜贩子的姓，再根据对方年龄性别加上合适的后缀。

对方大都满面笑容，跟她推荐自家最为新鲜的菜品。有入她眼的，她便拣起，称好，付钱，并不拿走，两手空空地走到下一家。

肉摊在菜市最里面，肉贩子就像电影里那样满脸横肉。他的摊子前早就围了一大堆人，他仍然能够老远就冲着施姥姥喊一声"俺姨"，将一块粉嫩的猪肉，从里三层外三层的人缝里递出来。施姥姥把钱递过去，在一众羡慕的目光中转身离开。

归途中，她将刚才买的菜一一拣入篮子里，像写小说呼应布下的草蛇灰线。我这才明白她刚才为何空手而行，这样做不但更省力，还透着松弛，体现出天长日久处出来的信任与默契，让买菜这件家常事，有人世间的绵绵情致。

我姥爷是最大受益者。他喜欢吃鱼，施姥姥和他结婚后，就在家里备了两口水缸，其中一口永远养着几条随时待命（等待送命）的活鱼。我姥爷"好"（这个字读第四声）朋友，常带三朋四友回家，困难年月，施姥姥也能整出几个下酒菜，任他们喝得东倒西歪也无怨言。

她不抱怨，前面说了，她很安静。这种安静太讨人喜欢了，聂鲁达有句诗："我喜欢你是寂静的，仿佛你消失了一样。"施姥姥能在那场夺夫之战中胜出，也是凭借了这种不在场一般的安静。

尽管我姥姥和孟姥姥都是刀子嘴，豆腐心，一肚子热心肠。但是好心肠也许是实质正义，好脾气却是程序正义，离开程序正义，很难谈实质正义啊。何况，我姥爷怕吵，他要安静。

我姥爷说起那些年，总皱着眉头，觉得烦，差不多就是《甄嬛传》里皇帝的表情吧，居高临下的生无可恋。和施姥姥结婚时，我姥爷有四个孩子，以及两个不甘心的前妻。结果就是，这四个孩子你方唱罢我登台地出场，每一次父子（女）相聚，都不可能一团祥和。

我妈主要是去要钱，这还比较好打发，三个舅舅还想要爱，我姥爷很难装出来。有年除夕，二舅去看他，我姥爷态度有点儿淡，二舅愤然摔门而去，想要跳河，被邻居劝下。多年之后，他们父子也少有往来。大舅倒没这么激烈，但据说也有几回登门时，谈得并不愉快。

我姥爷某次酒酣时说，他被闹得受不了时，想丢下这一大家子报名去新疆支边。那时穷啊，他说，那么多张嘴围着他，我姥姥和孟姥姥老去他们单位闹腾，他的升迁之路结束得很早。要是施姥姥再在耳边念叨，他可就活不下去了。

你看，施姥姥的成功不是偶然的对不对？她是如此完美。但是，如果有人真有胆量跟施姥姥这么说，她会不会像甄嬛那样来一句：我要这成功有何用？

经营那些完美时日，要付出多少辛劳，更重要的是，要抵挡多少嘈杂的进攻。男人打着抬脚就走的主意，她不能，她要使尽浑身解数，才能若无其事。她已经做得很好了，只是依然寂寞，寂寞到只能跟我这样一个毫无血缘关系的晚辈，谈谈她年轻时候。

那时我已经十六七岁了,有一天晚上,她来我住的房间找个东西。拉开抽屉时,她看到一个瓷苹果,拿出来,给我看,说这还是她二十来岁去省城出差时买的。

这个小玩意掀开她对过往的回忆,她忽然变得话很多,告诉我,曾经提起她的家族,城中几乎无人不晓。非常年代,她家受到冲击,好在她父亲乐善好施,做人低调,所受冲击有限。为了填充县医院力量,县卫生局到学校招几个女孩子送到卫校培训,她居然也顺利入选。

她珍惜这机会,卫校离她家远,每天她都早早出门。天还黑着,她拎着一盏马灯,经过街巷拐角时总是战战兢兢,听到身后的脚步声,想看又不敢回头看。

跟我说起这些时,她语速加快,眼神活泛起来,语气里又兴奋又紧张,都不像她了。我想起她卧室墙上挂着的她年轻时的照片,穿着蓝白格子衬衫,两条长辫子,眼睛不很大,却含着很梦幻的神情。恍惚间，我在她脸上看到那时的样子。

她穿过街巷时就是那个样子吧，有点儿紧张，但更多的是期望。她期望着一步步走过这暗路，到达皎洁的明天。眼下虽然不够好，将来一定会很好，将来，一定会好起来的不是吗？

她一定没想到往后的日子如乱麻，她是成了赢家没错，但她不过是赢得了悉心照顾一个男人的权利。她是被选择，不是被爱。在我的印象中，我姥爷总是目光高远，从不认真注视任何人。

我弟跟我说过一个细节，说他有次给我姥爷敬酒时，我姥爷不小心跟他对视上了，立即、迅速把目光撤离。那一瞬间，他只有一个感觉是抱歉，他让一个回避跟人对视的长辈，感到了压力。

我姥爷是不肯和世界交换的人，他也不是活在自己的世界里，他好像，自己也没有一个世界。

后来我在网上看到一个词叫作"仿生人"，说有一种人，人家结婚他也结婚，人家生孩子他也生孩子，一个流程也不落下。只有他家里人知道，他是个仿生人，程序精密，但没有人类的感情。我立即想起我姥爷,他不就是这么一个仿生人?

我不知道施姥姥有没有跟我姥爷说过这个瓷苹果,说过她年轻时的事,也许她尝试说过,只换得一个语焉不详的表情,不然她跟我说起那些时,怎么会有将尘封事物骤然解锁的亢奋激动?男人其实都不用做太多,"句句有回应"就能被引为知己,可惜男人只想要"红颜知己",无意做女人的知己,尤其是老婆的知己。

张爱玲引用过一句话,"洗手净指甲,做鞋泥里踏",说是觉得无限惨伤。这句话,或许可以概括施姥姥的一生,她怀着无限情意,想将生活当成一件作品隆重对待,然而生活拖泥带水,泥沙俱下,泥里水里踩过,有谁还会在乎,那每一个曾被斟酌过的针脚?

施姥姥有韧性,不轻言放弃。有一次,她跟我说,她想攒一笔钱,打七个金戒指,给七个孩子,希望大家将来不要忘记她。我被她触动,她是努力要在这人世留下点儿什么的。换成我,什么也不想留下。

她走的时候,这愿望没有实现。到我姥爷去世时,我作为非常边缘的孙辈,居然分到了很零碎的一点儿新钞,可能觉得总得给我点儿什么吧。我不知道这是谁的主意,毫无必要。

三

我姥爷说他和我姥姥离婚,总说是家庭压力太大。这个家庭压力,指的就是他父母。

推给父母,听起来很渣。但我姥爷他爸妈真不是枉担了虚名,他们在我姥爷每一段婚姻里强势存在。我姥姥尤其恨她婆婆,婆媳大战旷日持久,后来都变成前婆媳了,战火依旧不灭。

我出生时算是老太太第四代里的第一人,血缘关系抵不过宿怨。三岁前我跟姥姥就住那个村,不知道还有这门亲戚。

但人还是很难决绝的,有天,在饭场上,一个女人问我,想不想吃糖。

在吾乡,每个村子都有个饭场,类似于广场的一小块空地，男人们端着碗蹲在那里吃饭，聊古往今来，天下大事。半下午，女人出现在那里，拿着各种针线活，坐在大树下扯家常。这个女人那天手里拿着一包半成品的糖。

她的两只手，轮番挤压着一块裹在纱布里的褐色物质，这是在用土法做糖。

吾乡不产甘蔗、甜菜之类，原料极可能是红薯，怎么把红薯变成那种琥珀般的黏稠物我不知道，反正糖做得差不多了。在她双手轮番的搓摁挤压中，它越来越柔韧，扭出银色的拉丝感，我目不转睛地看着它，感到它越来越甜，似乎已经在我嘴里了。

那双手停了下来，她笑看着我，问我可想吃糖。

我点点头，她把我领进屋，放下手里的半成品，给我一把做好的糖，好像是芝麻的还是花生的。又给我沏了一碗糖水，让我坐下来，慢慢喝。

她问我几岁了，父亲叫什么名字，家住哪里，我奶奶可跟我们住在一起。我有的能答上来，有的答不上来，她就呵呵地笑起来。我心中不悦，年方三岁的我，已有了自尊，我不知道有时大人笑是出自宠爱而非嘲笑。我喝完那碗糖水，就跑掉了。

晚上，吹灯之前，我告诉我姥姥，小波的奶奶叫我进屋吃糖呢。我姥姥严肃起来，说，以后不许吃她给的东西，她家东西有毒。

我被姥姥的话吓住了，仔细回忆小波奶奶的样子，想在她的笑容里，搜寻狼外婆式的阴险。毫无收获，倒是我姥姥在煤油灯下晃动的凛然面容，更加可怕一点儿。

这件事给我留下了后遗症，后来的许多年里，我都无法完全相信什么人。有年夏天我住姨姥姥家，她煮的绿豆汤老泛着点儿苦味儿，我就怀疑姨姥姥是不是下毒了。每天都很戏剧性地等毒性发作，担心自己来不及说出真相。

不过我姥姥那样危言耸听也有缘故，小波奶奶，就是我姥姥的前婆婆，她的一生之敌。吾乡规矩，我该喊老太。按照我姥姥的说法，她和我姥爷离婚，都是这个老妖婆主张的。

清官难断家务事，我爸跟我姥姥关系不好，他觉得再好的人家都难容我姥姥这尊大佛。但这位老太确实也不是吃素的,她九十多岁时到我家住了半个月,后来我爸一个劲儿赞叹,这老太太耳不聋眼不花,难得还能看得懂《三国演义》这样的电视剧。

体力、头脑都可以,她战斗力自然不差,我姥姥十九岁嫁进门,她们婆媳就开始斗。后来《婚姻法》颁布,我姥爷依法跟我姥姥离婚,我姥姥离婚不离家,住在隔壁偏厦里,婆媳大战变成前婆媳大战,继续缠斗多年,殃及我妈。

我妈说她小时候总是跟村里的女孩结伴而行,有几次落了单,她的叔叔们围上来,指着她鼻子骂,撵她走。她蹲下来,不敢说话,也不敢哭。都是她爹闻讯赶来,把兄弟们骂走,叹口气,把她领回家。

这些叔叔这么恶,是受了他们母亲的挑唆。老太看我姥姥碍眼,千方百计撵她走。有个舅舅告诉我更加骇人的场景,说亲眼见叔叔们拿鞭子抽我姥姥。我去问我妈,她后知后觉地想起来,说确实有过，不过是互殴，我姥姥也很猛，但他们人多。

这不还是欺负人吗？其实我妈心里也没那么过得去，后来她和我姥姥吵架，吵到白热化时，我妈会忽然说，咱们吵啥呢，你想想，咱们娘俩住在江家岗偏厦里那几年，好可怜。

原本气焰高涨的我姥姥，闻听此言，立即偃旗息鼓。

但撵走她们母女不是老太的终极追求，她的终极目的是不想让我姥姥好。她们要是"很好"地离开，她也是不愿意的。

十多年前有个人来到我家，他从江家岗来，原本是村干部，退休了，想到城里找份工打。我妈做了一桌子菜招待他，我爸到处打电话，当天下午就帮他找了个活，他很感谢我爸，但也暗示这是他应得的。

这确实是他应得的，是他当年给我姥姥通风报信的回报。我妈二十出头时，在村里当代课老师，临时工，没啥前途。我姥姥跟队里的会计说，有招工名额跟她说一声。

后来纺织厂来招工，我妈填了表交上去，不知怎的被老太知道了，跑来把我妈的表格拿走。会计赶紧叫他闺女去告诉我姥姥，我姥姥去县城找我姥爷闹，闹到我姥爷没办法，又找了一张表格，我妈这才得以进厂。来我家的人就是当年的会计。

我姥姥是成功了，但很难说对不对。一进厂，我妈就发现这活不好干，工厂里机器轰鸣，毛絮乱飞，女工穿梭奔跑，一天差不多要跑三十公里，白班、中班、晚班三班倒。我妈心里咣当一声，知道不好，但已经无法回头。

十几年后国家出政策，代课老师大都转正，我妈初中同学，不少当代课老师的，现在退休金能拿七八千，人家一辈子也没我妈辛苦。有句话叫选择大于努力，人家那是不选择大于努力。我都替我妈懊恼。

当然，人生没法假设，要是我妈不进城，也没有一个我，在这里帮她后悔了。

就这老太干的这些事，我肯定对她没好感。就算她给我吃了糖并且没在糖里下毒，也谈不上多少善心。我姥姥一针见血地指出：她是看你妈嫁了个军官，不知道你爸将来有多大前程。老太不过是识时务，错判了，好在没有投入多大成本。

偶尔在我姥爷家见到她，我问好，她回应。就是个仪式，没有感情上的流通，人和人需要缘分，她和我的缘分，也就这么点儿了。

后来我外出读书，某个寒假回家，我吃惊地发现，这位老太来了，还要在我们家过年，张罗这事儿的，是我姥姥。

这两位，竟也能相逢一笑泯恩仇？世事走向总是神出鬼没，却也自有合理之处。

我姥姥后来还是搬离了那个村庄，进了镇上卫生院。二十世纪五十年代，我姥姥学习新法接生，当了很多年接生婆，七十年代末，被镇卫生院收编。

远离了那些人，也远离各种是非，生活安静下来，但我姥姥并不享受这种安静。她总想着要回去，要埋在那里。

在吾乡，死了都没地方埋，是人生最大失败，而女人要是被休弃,就是这下场。她们是不可以埋在娘家的。

念念不忘,必有回响。有天,忽有当地干部打电话来,说是我姥姥被分了一块宅基地,有三分,要她回去办手续。

我姥姥兴奋地踏上返乡之旅,在村口,她遇到的第一个故人,就是老太。狭路相逢,隔着几十年光阴,她们对望了一眼,彼此无话,就都走开了。

我姥姥来到当年关系不错的邻居家,坐下来,一碗茶还没喝掉,老太的孙子来了。他奶奶叫他请我姥姥到家里坐坐。

我姥姥去了。老太住在一间低矮的茅草屋里,倒不是子孙虐待她,在吾乡,像她这样守寡多年的老太太,都会自觉地不享用太多资源。

我姥姥一进去,陈年旧怨,冰消雪融,都这么老了,还有啥好说的呢?我姥姥说,她们像两个老鬼一样,聊了一整夜。

我姥姥这人没什么文化,但她有些用词很精妙。比如,她说她们像"老鬼"。是啊,她们老得就快要变成鬼，还有什么比蹲在前方的死亡更让人害怕？离它越来越近的人们，应该团结起来，彼此壮胆。至于当年那些陈芝麻烂谷子，就像墙上的风雨留痕，在是在那里，谁会多看一眼呢？

时间是有牙齿的，还有一个非常强大的胃。它时刻都在吞咽、研磨、消化，当年的呼天抢地，恩怨情仇，能被这个系统处理得干干净净。推远一点儿看，不知道彼年与此时，哪一个更真实。

我姥姥在老太家里住了一星期，把她带到我家来。我妈照例热情接待。这位老太，也像一个慈祥的长辈那样，坐在沙发上，话不多，总微笑，有老人家的一种威仪。我心里觉得她是陌生人，生人勿近，客客气气就好。

唯一欢欣鼓舞的是我姥姥，我没法告诉你我姥姥那个春节有多高兴，活到她这份儿上，所有的久别重逢，都是失而复得。我姥姥重拾起的不但是多年前断掉的婆媳之情，更是她和那个家的联结。她的婆婆，是一个标志，我姥姥多少有点儿挟天子以令诸侯的企图。

她废寝忘食地跟老太说话,她们已经在江家岗说了很多话了,现在,换了个环境,有了新的聊天背景,新的话题也生成了。她们在家聊,出去聊,如若知己,倾心吐胆。我姥姥有话说不奇怪,老太能跟她聊得有来道去的,不知道是因为她足够聪明,还是面对终极的恐惧,她也要与人结盟。

再强的人,面对死亡,都得认尿。

老太倒是挺高寿,又过了好几年,于九十七岁那年去世。族人都以为她能凑个整,活一百岁,都说到时为她举行一场庆典。她的儿子、孙子、重孙子加起来有一百多人,大多我都没有见过。我还想着去不去呢,有必要参加这场盛宴吗?和那些只是有着血缘关系的陌生人见面?看我妈这一辈子,就知道血缘多么靠不住了。

略显残忍地说,她的去世,让我免去一场选择困难症的发作。

然后我姥爷、姥爷后面两任妻子也相继去世,没有了故人,也没有了仇人的我姥姥,不免有些寂寞。她坐在正午的阳光下打瞌睡,有时会突然间发出一串咒骂，睁开眼，看见她不熟悉的光天化日，脸上，是孩童般的愣怔与无助。

她像一头老狮子，被关在时间的动物园里，没有同伴，眼前的世界晃晃悠悠，她看不分明。牙齿与指爪都派不上用场，时间比人更残忍，它制造出最深刻的孤独与恐惧，即使你举起手臂，又能抓住什么呢？

就在这种孤独中，往事如沙，从指缝里落下，恩怨变了色彩，成为不为人知的依靠。

四

我姥姥活到了八十七岁。她下葬那天，来了很多人。在田埂上，一个中年男人迎面站住，说："这是闫红吗？都长这么大了。"我有点儿啼笑皆非，人在时间中总有这种错位感，而且喜欢表达出来。

我妈走上前招呼他，那名字有点儿耳熟，返程路上我想起来，当年他父母被打成右派，我姥姥收养了他几年。他长大后和我姥姥闹翻,留下一句名言,说我姥姥这个人,"做一毛钱的好事,要做一毛五分钱的坏事来抵消"。

言而有文,行之甚远,亲戚们提起这句话就会心照不宣地一笑。我爸更是无数次地引用,我妈也不以为忤。

我姥姥心热,心热的人往往有期待,就有失望,然后通常比别人更有行动力。她生平施恩无数,也与人结怨翻脸无数,在她的葬礼上,受过她的恩也与她结过怨绝过交后来又在时间的迁延中一一和解的人大都来了,每个人朝那儿一站,就是我姥姥这部大书里的一页。

烧纸时表妹笑推了我一下,说,你得多烧一点儿,你是唯一没有被俺大奶"欺负"过的人。我想了一下,还真是。我不知道我为什么获得这种殊荣,是因为她对我多一点儿偏爱吗?还是因为我骨子里自带距离感,不太好惹?但无论如何,我没有经历过我姥姥施加的暴风骤雨,甚至还在她这里受惠良多,在和她曾经关系密切的所有人里,我是个孤例。

我曾在她那里，获得无以复加的重视和欣赏，这是我后来自信的根源，也是我悲观性格的乐观底色。但我的自我膨胀可能也是因此而起，有很多年，我在没有那么重视我的父母家里，过得很不愉快。

所以我性格里不好的一面也随她，有许多我执和内耗，还有点儿懒惰。好在总有一个声音高悬在我头顶：你这样下去，就活得像你姥姥一样了。我便悚然而起。我比我姥姥多一样优点，是懂得反省。这很重要，人人都说晴雯和林黛玉很像，但黛玉一直在成长而晴雯并不，不就因为黛玉懂得反省吗？

我是她这棵老树上长出的枝丫，是透过她这面镜子看自己的人，我承接着她有意无意的大量给予，也试图像基因编辑那样取其精华去其糟粕，我和我姥姥的关系，真是太复杂了。

我妈孕后期从城里回到乡下待产——当时我爸还在部队。有天早晨，她想着这都快要生了，洗个头吧,正洗着,腹中就开始疼痛。她知道这是临盆之兆,我姥姥这个老接生婆却跑去给别人接生去了。

我妈又气又疼,简直要破口大骂。好在半下午时我姥姥回来了,手法娴熟地将我接到这世间。

我的名字是她起的,我妈不喜欢在这种事上费脑子,我姥姥看人家叫这红那红的,灵光一闪也拿来给我命名,我姥姥说起这事儿一直很得意,不是觉得这名字好,而是得意她居然想得到。

我妈产假结束回城上班,把我留给姥姥照顾,当时没有条件的人都这么做。

我姥姥因此驻守在我混沌记忆的尽头,背景是江家岗。有些夜晚,有人喊她去接生,她搂着我,哄我睡觉,说是要去打狗:"打回来的狗肉给谁吃?给我的红狗子吃……"我怀着对于狗肉的憧憬模糊入睡——爱狗人士原谅我,我那时对狗狗的可爱一无所知,而且第二天也没记得要过。

贵人语迟,我说话却早。看到一只鸡,也要说个没完。卖豆腐的从门口过,吆喝上一声,我也要学上半天。没什么能触及我的灵感时,我就想着说。我妈为此生过气,呵斥过我,她很难想象,一个人得多无聊,才会想着话说啊。

我自己都觉得自己分享欲未免过剩。

我姥姥总笑说应该把王奶奶拦门口——在吾乡,孩子出生后,第一个登门的人即所谓踩生者,此人的性格命运,会与孩子的性格命运有微妙的关联。命苦者听说谁家孕妇要临产,会自觉地躲开,命好者随意。

王奶奶性格命运没有大毛病,就是爱讲话,我隐约的记忆里,她摇着个蒲扇,话语像夏天屋檐下的雨水滔滔而下。我在别人眼里是不是这样?但童稚时期可能还算可爱。对于我的话多,我姥姥是其辞若有憾焉,其实乃深喜之,她甚至跟隔壁大姨合计着去给我算个命,如此伶俐口齿,该是怎样个来历呢?

平日里她喜欢带我去人前,一则显摆我的口齿,二则我的存在,就是她一生事业发展的明证,她像王宝钏一样苦熬着,熬出这生命的延续者,你以为她这辈子完了？这故事才开始呢。

的确，因为我的存在，我姥姥在本地最大的仇家，她的前婆婆暗黜黜地试图和她缓和关系。从前处处针对她的人，也有所收敛，他们怕的当然不是我，而是透过我感到我爸的真实存在，那个远方的军官，毕竟是个公家人，说不定啥时候就有事求到他头上呢。

我三岁之后，我姥姥离开她爱怨交织的江家岗，进了詹家岗卫生院，成了半个公家人。她接生，也给人打针，我听到过她和同事讨论糖丸，当时在推行疫苗制剂。我每天晚上吃一颗山楂丸，作为零食，还偷尝过食母生，白天就从张医生的屋里晃荡到王院长屋里。

我在冬天里掏过麻雀的幼雏，它羽翼尚未长齐，屁股上有紫筋，躺在手心里，是小小的温热的一团，微微颤抖。我姥姥的侄子在她那儿读书，吓唬我说掏麻雀脸上会长麻雀蛋（雀斑），我对着镜子看，果然看到我的鼻子上出现了几个小斑点。

我在夏夜里跟人们去捉知了猴。手电筒往道路两边的树上一照，那些在黑暗地下默默成长了四五年的蝉蛹，全须全尾地趴在树上，通透如同工艺品。早晨它们在一只破筐里蜕壳而出，淡绿色的翅膀闪着金光，美丽柔嫩得像个童话，无法飞翔。

我姥姥将新蝉用重油煎成金黄色，吾乡管这种烹制方法叫作"炕"。她不吃，给我吃，觉得这是好东西。后来我爸和她不睦，很不公道地攻击她，说就是因为她成天给我吃知了猴，吃得肚里生了虫，小时候才瘦成那样。我爸这话说得不好，但他天性善良，只是逞一时口齿之快，对我姥姥没有坏心眼。

我姥姥有个手艺是做松花蛋，半透明的蛋清上真有一朵朵松花，蛋黄鲜甜绵密。记忆里总是下雨的日子，她躺在床上，让我自己去"掏"个松花蛋吃，松花蛋在坛子里，坛子在充作厨房的偏厦里，和卧室隔着一小段路，我每每是欢欣雀跃着奔去的。

家里有点儿好吃的我姥姥总留给我，但是，当一个邻居跟她说,你看你外孙女瘦成那样,你给她买袋麦乳精喝吧时,我姥姥瓮声瓮气地说,我哪有那么多钱糟蹋。

我听着,不觉得有什么,小小年纪,我已经能够理解生活的复杂性。我知道我姥姥这句话不过是脱口而出,一方面她确实没钱,不过这个意思她完全可以含蓄表达啊,主要还是她拒绝温柔,更愿意恶声恶气地面对生活。

一个单身女人,一个弃妇,她一定遭受过许多恶意。有次她带我去公社,公社门口都是闲人,当时应该是计划生育的风声刚刚下来,有人对我姥姥说,你是最早实行计划生育的。众人哈哈大笑,我姥姥作势要打他,一切就在欢声笑语中不了了之。

我后来才知道这话算是揭伤疤了。说话的人不见得有恶意,这更可怕,冒犯一个弃妇,在很多人眼中,是无伤大雅的玩笑。身处其中,只能用粗暴的态度抵御生活的粗暴,久之,粗暴就成了第一反应。

我两岁多时,我弟弟出生了,我爸也已经退

伍,把我奶奶接到城里来。之后我时常往返于城乡之间,稍大一点儿时便感觉出我在两地处境完全不同。

我姥姥家是一个单纯的女性的世界,就我和我姥姥,我妈过阵子会来一次。在这个世界里,我姥姥的爱憎都按照本心。比如吾乡向来重男轻女,她要是接生接到男孩也替人家家里高兴,但是她自己的感情是随心的。

我弟出生后,人家恭喜她得个外孙,她鄙夷地说:"四指宽的小脸,疼个啥。"

我弟随我爸,天生小脸,现在很推崇这种脸型,但在我姥姥眼里,这么点儿面积,实在无法承载她澎湃的爱意啊。我就是"银盘大脸",小时候肉嘟嘟明晃晃的,可能确实很可爱。但我姥姥也就这么一说,我是她一手带的,她不觉得初来乍到的男孩,就能灭过我在她心中的次序。

我父母家就不一样,这个家的底色是男性的。我奶奶外表很女性化,苗条秀丽,思维方式是男性的。我小时候老听她说,十个花花女,不如一个点脚（跛脚之意）儿，还说我大伯的某个女儿出生时，她都没法出门，五十岁还没个孙子，她没脸见人了。

我爸是个好人，他尊重女性，认可女性的价值，对于女作家、女教授，他都有敬仰之意。在谈起吾乡著名作家戴厚英时，他曾跟我说，一个人要是有本事，不结婚也可以。他觉得戴厚英的单身生活很好。

他也很注意培养我，发掘我的文学天赋，坚定不移地认为我能成为一个作家。我再长大一点儿，他听我谈文学，把我的文章到处投递。我略有些成绩，他就以我为荣，我退学他也不责怪，只是到处帮我打听哪里有作家班可上，不把高昂的学费放在心上。

但这是他理性的认知，他私心里更喜欢儿子。他同情没有儿子的人，总是把我弟举在头顶。他从来没有抱过我，说是当爸爸的抱女儿不合适。当别人夸我聪明时，他几乎是本能地说："我那个小的更聪明。"我那时年方三四岁，就感觉到我爸口气里的不服输，为什么我聪明他就输了呢？因为女儿是外人，自己人可不能输给外人哦。

我爸性格爽朗直率，但另一面就是我妈说的"拙"，在他不想调动智商时，他是不考虑听者的感受的。他笑话我唱歌难听，跑动姿势可笑，他和我奶奶一起说，你不要笑啊，你一笑嘴就更大了。那个时候，嘴大对于女孩差不多等同于残疾。

我妈是怎么想的呢？我出生后，她给我爸的信里写了这么一句话："虽然是个女孩，但我很爱她。"

前半句是她对这世界的臣服与妥协，后半句是她私心情感的抗争。我说过，尽管无法当家作主，她也想在她权限范围内多给我一点儿。

反正我在这个家里没有在我姥姥家痛快。我姥姥难免粗暴，但不会让我受窝囊气。我挨打时，会本能地呼喊我姥姥，我爸笑说我姥姥就是我心中的救世主。

我家离护城河不远，我有时会摘下大片树叶，让它们顺水漂流，去我想念的地方。别笑，我打小就有做文学青年的潜质。

我不怎么开心地长到十多岁，和家里人关系始终拧巴。我哭闹，指责他们重男轻女，在我爸妈眼里就是胡搅蛮缠。后来我学会了装病，生病不会让他们对我更温柔一点儿，他们也怀疑我是装的，但他们起码对我更在意了。

装肚子疼太需要演技，我一般是装头疼。头疼怎么装都可以，可以安安静静地装，也可以在床上打滚，声称自己看不见了。我爸带我去医院，做了心电图、脑电图，排除癫痫，还安排我做了好几次按摩康复，没有任何效果。

我爸甚至带我去了精神病院，看病的情形我已忘光，只记得回来时才下过小雨，路途上雨气清新。我爸看到荞麦地，特意下了自行车，指给我看，告诉我俗语曰"荞麦三个棱，一人一个性"，形容每个人都有自己的个性。

但即便如此，我也没有被治愈，不高兴时我就头疼。老师建议我休学，我那时是个很不可爱的孩子，老师借此甩包袱，我爸认为健康比学习更重要，去学校办了休学手续，把我领回了家。

过年时，我姥姥来了。她愿意领我去乡下住一段时间，我简直是狂喜，天知道我多想念我的幼年时光，想念小伙伴，想念詹家岗卫生院，可以回到那里，真的太好了。

我妈开始不太同意，我在家里，她觉得更可控一点儿，但我姥姥一言九鼎，为了给我妈施压，她还发了点儿小脾气。我终于和我姥姥坐上了返乡的长途车。抵达县城后，我们踩着污秽不堪的残雪，重回詹家岗。

詹家岗卫生院的大门紧闭着，进不去，可我已经感觉这个院子未免太近。数年来，它像是一场梦，浮现在我庸常生活的彼岸。它不能这么近又这么平平无奇地出现在我面前，我第一次发现，惆怅也可以来得如此惊心动魄。

并不是物是人非，只是强行加上的滤镜碎了，我们对于过往的热情，常常是叶公好龙式的。我们以为无法召唤旧日使人忧伤，但更尴尬的，也许是无法面对被召回的旧日,你失望、失落,不得不承认自己之前想多了。

还好我姥姥带我去了个新地方,她的娘家马圩子。在这里,我见到更为丰富的人性样本,听到各类乡村八卦;我惊喜地看到杏花、桃花忽然开放,阳光像水一样淌了一地,我对于春天有了具体的认知。

我在那里读了很多书,包括路遥的《人生》和一些琼瑶小说,我的作文水平忽然就提高了,当我下笔,会有许多具体的场景、更精确的字句主动奔来。我给我爸写信,他确认我能成为一个作家。

但也是那一次,我发现,我对于我姥姥没有我想象的那么重要。我以前隐隐明白,这次才形成了概念。

我十岁那年,我姥姥替她单身汉弟弟收养了一个小女孩。孩子刚出生一个小时就被送过来,我姥姥亲力亲为地抚养。

亲朋好友都议论纷纷,认为我姥姥在做无用功,这孩子二十岁时舅姥爷都六七十岁了,还能指望她照顾他们？有的亲戚干脆说我姥姥进行的是"无效劳动"。

我姥姥没有受到干扰，给我的感觉是，单是抚养这个孩子本身，就让她很快乐了。她把她捧在手心里，到哪里都带着她，同样夸耀她的口齿，给我的感觉是秒杀了我光环闪闪的童年。

我姥姥是多划一根火柴都会沮丧的人，却肯买整箱的健力宝给那孩子喝，用我们现在的眼光看，这种抚养方式不怎么高明，但她也是想把最好的都给孩子。不过，我前面说了，我姥姥常常是爱恨一瞬间，一个不高兴，就会对孩子发火，乃至动手，这倒是我以前没有体验过的。

不管怎样，这孩子不说取代了我的位置，也让我变得没那么重要了。我不得不承认，我姥姥过于博爱，而我对她的爱，有排他性要求。

有了这种隔阂，我姥姥的粗暴就没那么好消化了。许多年不在一起生活，她用马圩子的标准打量青春期的我，发现我实在不是个能干的人。

有次我在她面前走，手里的东西不小心掉下

来,"拿个东西都能掉下来",后来她还这么跟我妈说,把一个偶发事件打造成我揭不掉的标签,透过现象看本质,觉得这个孩子养废了。

她对我多有诛心之论。我爱看书,她就说我是拿书遮掩,逃避做家务。她说:"你家多你这个人,也就是多个名额而已。"言下之意我没有任何用处,而马圩子像我这么大的女孩,可是能中大用的。

我并不很难过,我知道她对待别人比对我狠得多。比如她曾经特别疼爱一个侄子,退休时把班也给他接了,从此事事要左右他,逼他娶自己指定的女孩。表舅不肯,我姥姥跑到他家里,砸了他的锅,捶地打滚地哭闹,最后借助了公权力,把舅舅送到劳改农场,劳改了半个月——她指着身上的瘀痕,说舅舅打了她。

我只是悄然在心里跟她拉开距离,这是我长期以来无师自通的自保之道,对他人不抱希望,就谁也伤不到你。这可能是我没有被我姥姥"欺负"过的原因,我终生无法毫无保留地相信谁。

但我姥姥有时候又表现得富有感情。有段时间她住在我妈分到的宿舍里，和我家正好可以拉个对角线。周末我和我弟去她那里小住，她会买很多稀奇古怪的东西给我们吃，比如甲鱼蛋（我不知道有没有记错）。我抵触陌生食物，难以下咽，她眼巴巴地在旁边看着，期待而压迫地。

周一我们坐我妈厂里的班车去上学，我姥姥把我们送上车，朝每个人口袋里塞两毛钱——正好够一碗马糊和两根油条。每周一次的离别，也能让她眼圈红红，而我自己也心中酸楚，几乎热泪盈眶。我们祖孙俩的感情都来得如此快而廉价，让我后来不太相信眼泪。

总之，那种感人的场面不能修复任何东西，我孤单单地长大了。

我长大之后离开家乡，略经辗转，定居合肥。我姥姥时不时来我家小住，到这会儿她再不觉得我无用，相反，她觉得我很有用，而我很害怕她这一判断。

有时候她坐在客厅里或是卧室里，趁我妈不注意,远远地招手,小声地说:"你来你来。"让我靠近一点儿,免得她的话被我妈听了去,我知道她必然在打新主意。

她的主意大多是两种:"你不能给谁谁找个工作吗?"那个谁谁,就是她带大的孩子。可是像我这种不出门、不交际,修个刘海都要做一番心理建设的人,哪有那个能耐?但我姥姥不管被拒绝多少回,下次依旧能够不计前嫌重新提出。

另一个要求比较容易做到,只是让人觉得烦,她求我带她去探监。

那个曾经被她送去劳改的表舅,这次真的坐了牢。这次坐牢倒与她无关,据说是被人陷害了,判了十年,就关在我居住的城市一隅。

我姥姥和表舅分分合合闹了很多回,至亲骨肉,打断骨头连着筋,表舅这一坐牢,可把她心疼坏了。她慨然从有限的积蓄里拿出一万块交给他家里人营救他,之后,又许多次乘坐公交车辗转去探监。她的腿不好,拄着拐棍,一瘸一拐地行走在监狱门口的小路上,有时还要在门口等很久,白发飘飞,眼神茫然,看上去非常悲情。

我妈对她此举并不赞成,探监的次数是有规定的,你占用了,表舅的老婆孩子没准就扑个空。况且,你去又能怎么样呢?隔着玻璃,掉几滴眼泪,来几句无用的叮嘱,无所裨益。

我妈是这个态度,我姥姥偷空儿就会来求我,我的态度也好不了哪里去,甚至更烦躁。我总怀疑我姥姥对于探监的热爱里,有一部分是为了感动自己。我为啥这样想呢?举个例子,我姥姥听说有关部门退还了表舅被没收的部分家产,就去找表舅家人讨要她那一万块,因此再度与表舅家里人翻脸,互相拉黑。

我于是一旦发现我姥姥有要开口的苗头,就先把脸冷下来,但还是不得不带她去过几回。那种感觉真是坏透了,这里不细说,大家自行"脑补"。

我此后更加视我姥姥周围有如雷池,不多靠近一步,她的一些正常诉求,也会引起我的应激反应。有时她招手,我假装没看见,后来发现,她不过是叫个人给她茶杯里添点儿水。

也不是不愧疚的，出门在外，会想着给她买点儿什么。我写过，我在平遥给她买过一双绣花鞋，她非常喜欢，我从此出门在外看见绣花鞋总想买给她。她去世后，我去北京，看见一家布鞋店，还是习惯性地想："给我姥姥买一双吧。"然后才想起来，她已经不在了。

我孩子两三岁时，我妈过来照顾了一段时间，带着我姥姥。有天早晨，我姥姥独自坐着轮椅出门，下坡时轮椅翻倒，她本来关节有问题，这下连骨头都摔断，送到医院，医生说很难恢复。

我妈把她带回家乡。之后我们单位搬迁，我家也搬到此前买下的一套顶楼复式里，没有电梯，有好几年，我姥姥没有来过我家，直到我家又搬到一楼，她才来住了几天。

那几年，我有时会回去看看她，越朝后越少。孩子上学之后，周末大多有兴趣班，我一个人回去，我妈就说："不带小孩你回来干吗？"她可能是为了表示对孩子的欢迎，也可能是不想耽误我的时间，但她都这么说了，我好像确实没有老回去的必要了。

我姥姥希望我回去,我每次回去,她都会塞三两百块钱给我儿子,说给他买吃的。她自然知道我不缺这钱,只是想对孩子尽点儿长辈的心。我拿着钱,心里不是滋味,觉得无以回报,而所谓的无以回报,其实大多是不想回报。

我和姥姥不是一类人,我姥姥的感情总是瞬间生成,飞扑上去,是满溢的,不惧弄得一塌糊涂。我是审慎的,要再三考量再三斟酌,不想被别人带着走,也不信任过于热情的表达。

后来回去那两次,我姥姥总是拉着我说,你可不要又大半年才回来一次了。我知道她是真的想要我回去,此后我尽量抽空回去,对自己说,天知道还会见几面。

那年暑假还没开始时,我就想好,等放假了,我一定要带娃回去多住几天。当然回去也是住酒店,我和我家里人都习惯了,我不想给爸妈添麻烦,我爸妈也觉得我在酒店更自在。我妈看到家门口开了一家不错的酒店都会打电话告诉我，说你下次可以住这里。

我在酒店订了五晚连住，每天早晨我妈来把小孩接走，我就开始磕我的稿子，一磕一天，中午用泡面打发一下，傍晚才回家。那些傍晚，我看见我姥姥永远地坐在沙发上，有时糊涂，有时清醒，有时坐着打盹，白发苍苍的头颅垂下来——她到老头发都很多，半梦半醒中嘴里突然发出一串诅咒，不知道她是回到了生命的哪一段里。

我没有刻意地去陪她多说会儿话，仍然会有戒备，有不耐烦，我知道她已是日薄西山，但那时刻到来之前，还是会按照以往的节奏生活下去。

离开前，我预订了八月下旬的酒店，打算再回去一次，只是八月里出了一趟远门，回来后体力透支，又要陪小孩恶补暑假作业，想着中秋再回去也无妨，不承想，八月下旬，我姥姥病情恶化，住进了ICU病房。

我跟我妈说我要回去，我妈说："你回来也没用，她在重症监护室，我们都进不去。"我妈挺后悔把我姥姥送进去，说："那地方不给家里人进去，你姥姥找不到我，该有多害怕啊。"

我们都知道我姥姥看似强大，内心却很脆弱，她虽然三天两头跟我妈大吵，以离家出走相威胁，却像个孩子一样依赖她。她们娘俩相依为命这么多年，我姥姥关节坏掉之后，穿衣、吃饭、洗澡全靠我妈。我姥姥喜欢坐车兜风，我妈在六十五岁的高龄拿到了驾照，梦想着有朝一日带我姥姥环游中国。

医生说我姥姥开始昏迷，这消息让我们感到安慰，昏迷之后她不会再有恐惧。在我姥姥昏迷数日之后，某个中午，我在嘈杂的商场里，收到了我姥姥去世的消息。

这是意料之中的消息，却让我感到如此空虚，我姥姥于我，曾是那样强大的存在，却可以在一瞬间被抽离。我没有哭，甚至还等着孩子又打完一场乒乓球，再开车回家。

一路上路牌迎面而来，颍上、夏桥、詹家岗，都是童年里我姥姥带我走过的地方，此刻，它们像是一群好事的亲友，专门等在这里，七嘴八舌地向我讲述往事，要看我掉下泪来。

我握着方向盘，看着前路无声地哭了一会儿，到家时情绪已经平复，跟亲戚们寒暄，一块儿去吃饭，饭毕，来到灵前，跟守在那里的几个堂姐聊天。

她们说起我姥姥的那个侄子，来了就砰砰砰地磕了三个响头，磕得那叫一个响。又说我姥姥收养的那个女孩哭得最凶，也是，她的人生是由我姥姥造就。如今对于我姥姥收养孩子这件事，大家的看法完全不同了，都说这件事做得太智慧了，虽然那个孩子不能为舅姥爷做很多，但舅姥爷多疼她啊，如果没有她，舅姥爷这辈子还有什么滋味。

大家又说起我姥姥平生的各种好，比如，没有改嫁。倒不是赞赏三贞九烈，而是如若我姥姥改嫁，我妈必然要被丢给她爷爷奶奶，那家人是不会善待她的，也就在农村随便找个婆家嫁了，现在不知道过什么日子呢。我姥姥一生性情暴躁，负累我妈不少，但这一件事，就令我妈十分感恩。

大堂姐对我说："你姥姥进重症监护室以前，

我在跟前呢,她跟我说她最想两个人,你猜是谁?"我心想可能是那个养女和表舅吧,便笑着问:"是谁啊?"果然一个是那养女,另一个,大堂姐看着我,说:"是你。"

我表示吃惊,尽量以正常口气说话,但大堂姐对周围的人说:"你们看,她哭了。"天那么黑,她的视力倒挺好。反正被揭穿了,我痛痛快快地哭了起来。

我悔恨我没能好好地跟我姥姥告别,让她留一个心结。也悔恨我曾经的戒备与冷淡,悔恨我那个时候不相信她的感情,视为她喜欢戏剧化的表述。我以为,我早就不再是她最疼爱的那个人,她曾经对我的爱,早已被她对其他人的感情覆盖。我们纵然常常相见,实际上,早已失散在岁月里,而我,早已习惯了这种失散。

我后悔没有对她更好一点儿。最后一次分别时,我姥姥叫住我,说:"你不能给我买个茶杯吗?"她喜欢这类小玩意,我一边答应着一边出门,好几天之后,才想起这件事来,在网上买了个杯子寄过去，那杯子不贵，但玲珑剔透，很可爱，听我妈说，我姥姥摆弄了一晚上。

现在想想，为什么我不能给她多买几个呢，网上那么多好看的杯子，又不贵。我如此节制地只给她买一个，是因为，我妈说她已经有一大堆杯子了，要那么多杯子干吗？！我当时不知道分别就在眼前，她要一个，我就买一个。

许多事情被我记起来，比如在詹家岗，她喂我吃饭，一边喂一边说："你将来也会对姥姥这么好吗？"我铿锵地回答："会！"我一生予人承诺不多，就这么一个，也落空了。

我姥姥屡次得意地说，她这辈子不缺钱，她的不缺钱，是她用近乎怪异的方式省出来的。有次她来合肥，喜悦地对我说："你猜我这次带了多少钱？"她伸出一个手指，表示是一万块。她带一万块钱干吗呢？什么也不干，只是带着高兴，类似于有人喜欢弄个玉器之类的在手边盘着，她愿意拿一摞钱在身边盘。

在她去世后，我想起这件事，就有点儿刺心。

虽然缺钱是人生常态，我自己也缺钱，但我若是更努力一点儿，是不是可以让她不必为一万块开心得像个孩童？要是能有更多的钱给她盘，盘到她生厌该有多好啊。

李安的《少年派的奇幻漂流》里说："人生就是不断地放下，但最遗憾的是我们来不及好好告别。"但谁能知道会在什么时候分离？好好在一起，就是好好告别了，否则，无法再见的时候，那些被你无视过的感情，就会一遍遍地虫噬你的心，成为对你当初凉薄的报复。

但是，如果时光倒流，我真的会对她更好一点儿吗？她会不会提出更加离谱的要求？我爸曾抱怨她不知道带了多少八竿子打不着的亲戚到我家，让我爸带他们看病。在我家的习惯被我重塑之前，那些亲戚就留宿在我家。

我是特别害怕拒绝别人的人，我怎么去面对？也许还是会防患于未然，将她的诉求挡在开口之前。世间特别痛苦的事可能不是子欲养而亲不在，而是，即便重新来一遍，你也无法更好地对待所爱的人。

但我还是有所改变，起码我不再那么不相信别人的感情，当别人对我好时，我会告诉自己，对方一定是真的。我也习惯以告别的心情，去对待亲人。在那些不怎么愉快的时刻，我对自己说，用永不再见之后的眼光看待这一刻，是不是就没有什么不可以原谅？

我姥姥是把我接到这世界上的人，是让我感受到爱，也感受到人性复杂的人。她拓宽了我的理解力，让我能读懂那些五彩斑斓的黑，以及黑白之间的灰色地带。像我这样一个保守节制的人，是通过探究她章法全无、生冷不忌、破绽百出、泥沙俱下的人生，多活了一辈子。我爱她，犹如爱这生命。

五

我在平遥的大街上看到有卖绣花鞋的，手纳鞋底，一双只要三十多块钱，就打电话给我妈，问我姥姥的脚多大。

我妈说："你不要买，她有很多鞋。"我说：

"不是没有绣花鞋吗?"我妈告诉我,三十九码的。

我又问要红的还是要黑的,我妈说,唉,老太婆了,就黑的吧。

买了一双黑的,鞋头浮着两朵嚣张的大红牡丹,鲜绿的叶子,纹路用金线描了,拿手上像古董,放在地上像凡·高的画。

带回家,我姥姥很高兴,坐在沙发上,翻来覆去地看。她笑眯眯地想象她和人家的对话。人家见了一定问,这是谁的手这么巧啊,给你做了这么一双鞋?她就答,是娘家的一个侄女啊。然后脱下鞋,把鞋底翻给人家看:"看看,这针脚多细。"人家啧啧地叹着。这声音当然是从我姥姥嘴里发出来的,她把她期待的声音模仿得响亮充分。

为了让这一幕发生,我姥姥要求我,不要告诉任何人这是我从外面带来的。听到我的保证之后,她方才心满意足,拿两只鞋敲着自己的膝盖,非常惬意地敲了一个晚上。

不过我姥姥也遗憾:"为什么不买红的呢?"我在平遥看到有大红的,描龙绣凤的,但没想过买。我姥姥这么一说，我觉得也是，我已经发现，我姥姥就喜欢那份热闹，黑色虽好，热闹得不够过瘾。反正够花俏的了，不如花俏到底。

从此，我姥姥但凡听说我要出门，就托我带大红绣鞋，我把这份心愿理解为一个老去的女人对自己的娇宠，对自身女性身份的唤醒与确认。她老了，所以她活开了，不再瞻前顾后、畏头畏尾，一双大红绣花鞋，就是她想要活成的样子。

我姥姥打开我对老女人的认知，我不再将她们看成擦肩而过的符号，开始留心那些好看的"老女人"。一次在北京建国饭店门口，我看见一满头白发的老太太，英姿飒爽地从大堂里走出来，钻进一辆越野车，利落地开走了。我不由跟身边的女友说，到底是北京。

很快我发现自己狭隘了。在济南某个餐厅，两个高挑的老太太从我身边走过，都穿着旗袍，身姿挺拔，不只是样子好看，更好看的是那种"我知道你们都觉得我好看但我不 care（在意）"的傲娇。妙龄女郎的标配表情，出现在她们脸上一点儿都不违和，相反，我觉得她们真厉害，简直肃然起敬。

我在合肥也曾邂逅一个好看的老太太。那次我去银行取钱，去得早，先在门口排队，看见前面老妇人头发灰白，银色夹克衫搭牛仔裤，在晨风里站得笔直。银行门开了，大家都坐在椅子上等叫号，她不坐，静静地站着，绝世而独立的样子，让我觉得，老妇人同样可以风姿绰约，并非往后尽是余生。

我姥姥虽然不能美得这么高级，但她心里依然有一场繁华大梦，年轻时因为各种顾忌、限制无法实现，到老了，就应该让一切可以发生的全部发生。

后来我给我姥姥买到了一双红鞋，艳光四射的大红缎面，上面有鲜翠欲滴的缠枝花朵，她骄傲地、平静地穿着，在沉甸甸的黑衣服下，透出生之欢快。

她没有去过很多地方，却更喜欢从远方带回来的鞋，仿佛那双鞋连着一连串的脚印，而那些脚印将她和远方连在了一起。

这是记忆里我为我姥姥做的事，在她离去之后，略略能宽慰我负疚的心。

六

我读小学五年级时，我妈和她很多年没怎么走动的父亲恢复了联系。此后我每个暑假都要去我姥爷家住几天，我姥爷的妻子、我妈的继母对我很好。

有个中午，我在那个小县城里溜达，忽然遇上一个老妇人，冲上来拉住我的手。

我认出她是汤姥，我姥姥的闺密，我之前经常跟我姥姥去她家小住。看见我，她很激动，更让她激动的，是发现我的腿上被蚊子叮了很多包。她认定我没有得到很好的照顾，上纲上线地责骂我妈妈的继母："到底不是自己亲生的，就这么狠心！"

我心中有小小的不以为然，夏天腿上被叮几个包不是很正常吗？何况我当时已经十四五岁，读初中了，就是我亲妈，也不会将我照顾得无微不至。

汤姥这么大意见,是要与我姥姥同仇敌忾,但我妈她继母,占的并非我姥姥的位置。

不过汤姥并不像有些人,只是通过骂人来贩卖惠而不费的人情,她带着我,来到县城最繁华的商业街,给我买了条裤子,又买了瓶花露水,然后几乎是含着泪,目送我朝着我姥爷家的方向走去。我第一次感到,自己被一个长辈眼泪汪汪地心疼。

我没什么长辈缘,爷爷去世得早,姥爷是个陌生人,奶奶因为生得好又嫁得好,做了一辈子少女,少女当然不可能是慈祥的。也就我姥姥有人情味一点儿,但她脾气火暴,她的片刻温柔总被我视为风暴来临前的预警,揪心多过感动。

这样暴躁的我姥姥,没有太长久的朋友,却和汤姥成了闺密,友谊跨越几十年而历久弥新,代代传承,不能说不是一个奇迹。

汤姥在县城的家,是我姥姥的驿站,她从马圩子去其他地方,只要在县城停留,就会在汤姥家中转。有时只是去吃个午饭,有时要住好几天甚至十好几天。

汤姥家很好找，顺着颍河闸下面的那条路一直走，走上一段，就能到她家门口。我十来岁时休学去乡下小住，中间也在她家住了几天。

那些夜晚，这对老闺密坐在我床前倾谈，我已经不记得她们都说了些什么，只是到了睡意渐起时，仍听见她们的声音，像针线穿过鞋底，一下下不带信息量地穿过我稀薄的意识。

她们年轻时，也是这样交谈的吗？

汤姥原本是阜阳城里人，中专毕业时被分配到颍上县当乡村教师，这地方，对她只是一个地名。去之前，有人跟她说，颍上有个叫某某的，有本事，够朋友，你去找她就行了。

汤姥就来找我姥姥，然后她们就成了朋友。年代深远，皱褶间尽是暗影，我不知道我姥姥如何体现出她有本事够朋友的，但细想想，她身上的确有一种江湖儿女的气质，具体地说来就是没有那么多条条框框，只要意气相投，就能推心置腹、赤诚相待。

想当时的汤姥，一个斯斯文文的女学生，被空投到人生地不熟的县城，有我姥姥这样一个"坐地户"的朋友，也是莫大的心理支持。

一见倾心不难，难的是漫长岁月里的莫逆于心。我姥姥不是普通人，她自带风浪，集敏感和暴躁于一身，只是在人家家里暂住，也能被她看得无数破绽并且不吐不快地指出来。

她看不惯人家的保姆，看不惯人家家属子女，看不惯人家的生活方式，这自然会引起对方不快。我姥姥在汤姥家并没有怎样收敛，似乎跟她家人也有芥蒂。但是，无论怎样，无论在什么时候，汤姥都站在我姥姥这一边，跟我姥姥的感受同步。

她们的友谊并没有因为我姥姥去世而终结，直到现在，我妈有时还会去看汤姥。前几天看颍上通了高铁，我也想着去看看她。对于我而言，汤姥不但是一个具体的人，她身上还有一个时代，一种不平凡的感情方式。

我常想，她是如何对我姥姥有这样深刻的信任的。那样一种不被人性局限损害的友谊，是需要信任打底的，毕竟，在这世上，有一种特别伤感情的事物,叫作"转念一想"。

曾见多少情深意笃,忽然变成"转念一想"。

转念一想,你也不过如此。

转念一想,你算什么东西。

转念一想,你那些体贴殷勤,原来都暗藏心机。

转念一想,你没有那么重要,将你从我的生命里清理掉也可以。

温热的心,忽然变成一块石头,曾经珍存的细碎时刻,也变得一钱不值了。

滕肖澜有篇小说,写两个女人的友谊,原本起于一方的见义勇为,两人互生好感,从此成为至交。并没有发生什么巨大转折,只是其中一方的一句话、一个眼神,忽然就激起另外一方的"转念一想",然后一切就都变了味。称赞像是讽刺,示好变成炫富,念头转过,一切就都是错,还在来往着,但内心怨恨着,用各种方式报复对方。

转念一想,是那个阴恻恻的小自我突然冒出头来,将那些美好的感情压下去,还以为至此才是醒转,看透世间真相。纳兰性德有句词:"等闲变却故人心，却道故人心易变。"最让人难过的变心，不是因为外力的介入，而是这种自己的"转念一想"。

我不太爱看宫斗剧，就是因为里面有太多的"转念一想"，一转念，情意成灰，转化成杀伐决断。为了生存也许不得不如此，可是，寻常人世，有多少"一想"，不过是一种缺乏安全感的"臆想"——我们缺乏安全感到这种地步，宁可错杀千人，不可放过一个。

然而所有安全系数的提升，一定会带来某种耗损，在这里，是情感的耗损，权衡一下，是不是得不偿失？

汤姥和我姥姥这延续一生的友谊，正是因为她没那么多的转念，比如说，在我姥姥对汤姥的生活指手画脚的时刻，和她的家人生出芥蒂的时刻，某些粗疏暴躁的时刻，若是一转念，会不会觉得"你对我不好""你见不得我好""你不希望我好"？

转念如转身，很难再回头。

好在这人生里，总有不转念的感情，总有人有运气，做个不转念的人。

七

其实我也不能说没被我姥姥"欺负"过,我休学那年,和我姥姥一起去乡下之处,有段日子就很惨。

我姥姥带我离开阜阳后,先去了县城汤姥家,聊天时发现她需要留在县城处理一些事情,正好她侄女、我喊青姨的也在县城里,我姥姥让青姨先把我捎到马圩子。

那是一个乍暖还寒的早晨,我们一行人站在颍河闸边,迎着青灰色的风,望着闸桥那一边。当一辆被称为"小蹦蹦"的机动三轮车终于出现时,汤姥迅雷不及掩耳地掏出两张十元钞票,塞进我的口袋里。她碰了我一下,示意我不要声张。

吾乡规矩,亲朋好友给孩子的钱,统统要上交。大人说的不是没道理:"我们要是不给人家,人家怎么可能给你?"但孩子经受极大诱惑,灵魂翻上狂喜的巅峰,结果却是一场空,是不是太不人道?

汤姥这种给法，是真心想给我点儿钱，而不是大人之间的人情往来。但是我没法配合她，一方面躲闪推拉已成条件反射，另外，潜意识里也觉得，尽管汤姥发自肺腑地想给我钱，但我要是和她配合，默不作声地将钱收入口袋，她会不会对我生成一个新的评判？我不是说汤姥"钓鱼"，只是，有时候，人并不能接受自己促成的结果。

所以我立即跳开了，我姥姥看见了，她抓住汤姥举着钞票的手臂，两个老妇人在尘土飞扬的马路边拉扯，因为都情真意切，整个过程比普通拉扯要长。

"小蹦蹦"的司机扭过头来，深深地蹙着眉，车上有人探出头，说："差不多就行了。"汤姥说："行了行了，给孩子的钱，哪有朝回拿的。"确实是这么个理，我姥姥放手了，那两张钞票被塞进我口袋里。我和青姨上了车，看见两个老妇人站在风烟里，久久不肯离去。

等到"小蹦蹦"在石子路上一蹦三丈高地行驶起来，我摸着口袋里那两张"大钞"，内心煎熬。

我很少有机会真实地摸这么大的钱，我不知道它们是否属于我。按说应该上交，但这次汤姥的初衷就是给我，我姥姥也知道这一点。更关键的是，我姥姥要很久以后才回来，我自欺欺人地认为，我姥姥会忘掉它。

三轮车只到集镇，剩下的五六公里需要步行。青姨打算先带我去集市上逛逛，她有个女友住在集上。女友看见她来，非常高兴，俩人先就各自对象谑笑了一番，女友带着青姨，走到旁边的一个卖内衣的摊子上，翻检起来。

她们在琳琅的胸罩与内裤里挑挑拣拣，不时挑出一件撑开给对方看，心照不宣地鄙薄地笑着，仿佛与这些东西相处已久，知道关于它们的每一个秘密。那种精通里，有一种成熟少女的风情，让刚刚开始发育的我，不可企及地向往着。

如是挑选许久之后，青姨终于择定一件，但她翻翻口袋，发现只有五毛钱。那个胸罩要两块钱。青姨想了一下，看着我说，你先帮我垫一下，我到家就给你。

我不太情愿，不只是对于青姨的信用一无所知，更因为我喜欢拥有两张十元钞票的感觉。一路上，我插在口袋里的手，总触碰到钞票挺括到能割手的边棱，那种所有者的感觉，让我幸福得微微眩晕起来。

但我从小就不善于拒绝别人，只好装作不在意地掏出钱，递给她一张。眼睁睁地，我看到那挺括的十块钱，变成一叠脏兮兮、软塌塌的找零，心里不知道有多沮丧。

但我同时感到新的可能。在这张钞票没有被破开之前，它固若金汤凛然不可冒犯，当它变成八块五时，它同时变得涣散、缺失、可以染指，我觉得我也可以尝试着买点儿什么了。

我试水性地花了一块钱买了一支笔一瓶墨水和一叠信纸。我不喜欢这些东西，但毕竟是学习用品，将来被秋后算账时有个说头，汤姥塞钱的时候也一再强调："这是给孩子买学习用品的。"——我师出有名。

我和青姨拿着各自的战利品，朝马圩子走去。

青姨看上去镇定自若，而我心情沉重，购物的快乐消散了，此刻我已经确定，我姥姥不会忘了这笔钱。我把它弄出了个小缺口，又再次扩大，我不知道怎么对我姥姥交代。根据多年经验，我深知此事很难了结。

在我姥姥回来之前，剩下的钱放在我的枕头套里，我每天枕着它，就像枕着一场即将爆发的灾难，听它的指针嘀嘀嗒嗒地走着。

半个月之后，我姥姥回来了，她坐在床沿上喝茶，目光从我身上一掠而过，长久地停留在青姨身上。在青姨不断弥散开的惶恐里，她用死神般冷酷的声音问："我给你的蓝军褂呢？"

青姨身上，是一件绿军褂。二十世纪八十年代晚期，军装在时尚界有个回潮，时髦小青年都一身军褂军裤。我姥姥不知道从哪里找了一件蓝军褂，给了青姨，显然不是青姨身上这件。

青姨回答这是她姨给她的，我姥姥给的那件她给她妹妹了。我姥姥大为震怒，她不能忍受她的礼物被这样怠慢，何况对手还是青姨她姨。

青姨没有逆来顺受，回了两句嘴，我姥姥要打她，她顺势躺在地上……闻声而来的邻居也没能及时熄灭这对姑侄之间的战火。晚上，我准备睡觉时，发现床沿的被单上，有许多被蹭上的新鲜泥巴，那应该是青姨躺在地上时所为，从泥巴渗入床单纤维的程度，可以感知青姨愤怒的力度。

这件事在好几天里都牢牢地占据着我姥姥的注意力，她向见到的每一个人诉说青姨的斑斑劣迹，独处时则是骂骂咧咧，声称要采取下一步行动，但我感觉她说出来就有一种完成感了……大概有三四天后，她回过神来，查询我这些天来的情况，跟谁玩，有没有写字，等等。终于，她问到了那个致命的问题："你汤姥给你的钱呢？拿给我！"

我翻出那十七块五毛钱，嗫嚅地说，其他的被青姨借走了。旧仇怨俱上心头，我姥姥咬牙切齿地说："连个小孩的钱都哄！"她勒令我，立即去青姨家把钱要回来。

我不敢再说更多，先避她锋芒要紧，我朝青姨家走去。

我翻过一条干涸的沟渠，又走了一小段路，来到大路边，居高临下地看着那个位于地势较低处的院落。几天前，我还每天在这里出出进进，现在单是跨过那院门，就要用尽我平生气力。

我不敢进去，讨钱让我很为难，何况它并不能解决问题，还会成为一个新的问题的开始。我站在那里，近乎无意识地朝里面望着，堂屋里人影绰绰，他们可能刚刚吃过早饭，我的兵荒马乱和他们的岁月静好形成对照，果然世间悲欢很难相通。

青姨她妈从锅屋里走出来，端着一大盆刷锅水，大概要去拌猪食，她发现了我，远远地招呼着，我飞快地跑掉了。

回到姥姥家，她问我："钱呢？"我说："青姨没在家。""没在家？"她的眼睛从老花镜下面翻上来，狐疑地看着我，哼了一声，说："那你明天再去。"

从那天起，去青姨家成为我每天必须完成的功课，我一次次翻过那条干涸的小河，有时到青姨家院门口稍稍站上一会儿——我不敢站太久，怕里面有人出来，或是有人要进去时正好碰上我。

更多的时候，我走到附近的田野上，躺下来，草尖毛茸茸地扎着我的背，上面是天，天上有云，我希望那些云朵落下来，把我整个儿覆盖住。远处是树丛，在平原上勾勒出紫色的雾霭般的线条。我抱住自己，觉得自己像个悲剧的女主角，却没有标配一个能够救赎我的神仙。

有一次，隔壁的三姥姥挎着割草的篮子从路边经过，见我躺在那里，先是大吃一惊，问我："你这是咋了？"我说，我看看天空。她不由瞪大了一双老眼，然后"嘎嘎嘎"地笑起来，很快，村子里有很多人知道"城里小孩"没事就躺着看天空的事了。

我姥姥应该不知道。我每次回来，都会给她一个合理的借口，比如青姨不在家，又或者我碰上谁谁谁了，她要我跟她一块儿干什么。我还曾试着把膝盖朝一棵大树磕去，想告诉我姥姥，我走路上跌了一跤，走不动了，可惜尽管膝盖磕得生疼，却没有什么痕迹。我蹲下来，捂着磕到的地方，心里疼出了几滴泪。我第一次感到做人不易，人生无趣。

诡异的是，不管我编的理由多么离谱，我姥姥从来没有质疑过，始终是从老花镜下面翻出不相信的眼神，鼻子里"哼"上一声，我这一天的磨难算是结束了。好多年后我跟我妈说起这些，我妈说："你姥姥就喜欢干这种事。"她小时候也经常这样被逼迫着，找已经和我姥姥离婚的姥爷要钱，我们母女在这里，打通了相似的记忆。

这样日复一日地装作讨钱，虽然很头疼，但毕竟都烦烦恼恼地挨过去了，我心里有个更大的隐忧，担心我姥姥和青姨狭路相逢。每次我姥姥带我出门时，我都提心吊胆，老远看到一个和青姨相似的背影，都能吓得心脏骤停一秒钟。

这时刻终于到来，有一天，我姥姥赶集回来，说："我今天碰到小青了，我问她，你咋不还闰红钱？这个炮冲的，竟然说，她没见着你。我让她明天送过来。"我说："哦。"心理恐惧到无以复加，我害怕青姨送钱来，我姥姥发现数目对不上；我也害怕青姨不送钱来，让我姥姥抓住这个理由到她家大闹一场。

那个晚上我夜不能寐,想回自己家,也想离家出走,可是我没有钱,最现实的方案也许是走到县城向汤姥求助,她一定会帮我,但对于一个十来岁的小孩,县城也太远。我想到了死,想起曾看过的一篇小说《五个女子和一根绳子》,但也只是想想而已,我惊恐万分,渐渐地睡着了。

第二天上午很平静,平地起风云是在中午,我姥姥的一个邻居去了一趟代销店,带回来一个令人震惊的消息——原本五分钱一盒的火柴,卖到两毛了!肥皂、食盐全部涨了价,据说还要涨,城里已经掀起了抢购潮,接下来还不知道怎么样呢!

太平年代里,涨价就是一场大灾难,对于个人命运来说,灾难有时也是一场成全。香港沦陷成全了白流苏,1988年初夏的这场突如其来的通货膨胀,成全了像鸟雀一样战战兢兢的我。我姥姥直奔代销店,证实了邻居的说法,但她并没有像其他人那样开始疯狂抢购,我姥姥坐下来,决定寻找一条自救之路。

家里的盐还有不少，火柴也屯了一些，唯有肥皂不多了，但这样东西，有土办法可以制造替代品。我姥姥走进锅屋，舀了一簸箕锅灰倒进洗衣服的大瓦盆里，再把井水倒进去，"瞧吧"，我姥姥得意地说，"明天这水就会变得滑悠的，比肥皂还下灰。"

接下来的时间，我姥姥一直在观察这锅灰水的变化，不时撩一点儿用指头搓一下，像个酿酒师傅一样，不断地露出满意的笑容。她如此专注，我可以确定她已经把青姨啊还钱啊什么的全丢到了脑后。她找到了让她激情燃烧的新事业。

第二天，她宣布她的实验成功了，她把用锅灰沥出来的水洗过的衣服尽可能地抻开，给身边的人看："瞧，多干净！比肥皂强！"邻居们都跑过来参观，上年纪的人仔细询问每一个细节，年轻一点儿的，不赞成地微笑着摇头，说："俺大姑你真会过！"

我姥姥并不是一个勤快人，但那些天，她废寝忘食地用锅灰沥水洗衣服，还好天气也很给力，总是瓦蓝瓦蓝的天空，那些衣服在蓝天下翩翩舞动。

我坐在院子里，用买的那些笔和信纸，画小人，或是默写一首古诗，想起我躺在田野上看到的那些天空，心情已完全不同。虽然这件事还没有结束，但经过一场声势浩大的通货膨胀之后，我觉得我姥姥对于追究那已经贬值了的两块五毛钱，不会有多少兴致了。

我的生活重新回到正常轨道，但已经无法像从前那么轻松，我仿佛看到磨难躲在未来的许多个屋檐下、墙角里，看见它们藏头露尾鬼鬼祟祟，等待和我相遇。想到这些，我常常会忍不住叹口气，但也不想把它们抓出来，我躲它们还来不及。后来我在书上看到一个词叫"沧桑"，感到相见恨晚，我没想到会用这样一种方式结束无忧无虑的童年。

姥姥真的再没问过那两块五的事，只是我有时帮她引火时，若是不小心多划了一根火柴，她都会"哼"一声，锐利地瞪我一眼。

我
妈

一

1973年,我妈被招进阜阳纺织厂,这曾是小城里最大的工厂,现已破产。我妈说,破产对于他们这些老工人没啥影响。她说了些理由,我没有听明白。

工厂极大繁荣的年代,机器声终日轰鸣,走在大街上都能感到震动。厂里的女工有像我妈这样从农村招来的,也有上海下放知青。

知青每年回一次上海老家,回来时会给工友们带回上海的日用品,那双被我踢踢踏踏穿了好几年的红皮鞋,就光荣地来自上海。除此之外,我还有一件大红的滑雪袄和一条绣花的喇叭裤,都是上海货。

说这些,是想表示,我也曾被我妈当成洋娃娃打扮过。六岁之后，我妈对于我的穿着，突然变成心灰意冷的潦草。要么是从我小姨那里接过来的旧衣服——我骨架大，撑得起；还有的干脆搞不清楚来历。有年过年时，我妈拿了一件绿军裀给我做外套，那会儿是流行绿军裀没错，但不是每个女孩都能穿出那种飒爽，再说那件衣服上还有个补丁。

我妈更着意让我吃得好。我自小挑食，不吃的东西很多，包括猪肉。我妈担心我营养不够，每天炒两个鸡蛋埋在我碗底。家里偶尔吃只鸡，两个鸡大腿早早被剥了皮，放进我碗里。就这么着，我妈还目光灼灼地盯着盘子，看见"好肉"就手疾眼快地夹给我。有天我弟弟不乐意了，把饭碗一推，"哇"地大哭起来："有什么了不起，不就是个小女孩吗？娇宝贝！"

有些东西我并不爱吃，比如鸭子，到现在我都觉得鸭肉很腥。那些鸭心、鸭肝、鸭大腿，我实在吃不下去啊，磨磨蹭蹭，等全家人都吃罢离席，我妈洗碗去了，我迅速地把那些东西放口袋里，转身塞到抽屉的最后一格。

那时实在太小，不懂得怎么进一步销赃，还有点儿鸵鸟心理，好像我看不到，那些东西就不存在了。但心里清楚地知道，那些食物正在抽屉最里面的一格变质——还好是冬天，不容易腐烂。惶恐地过着一天又一天，最快乐的时刻，也会记起这心结，直到，它们终于被我妈勃然大怒地发现。

抽屉最里面一格，是二十世纪八十年代每个家庭的隐秘之所，我妈也在那里面藏东西。有天，我妈对我说，抽屉里有些糖，你拿去吃吧。我打开抽屉，是我最喜欢的大白兔奶糖，我很快把那些糖都吃完了。我意犹未尽，却也未抱希望地把抽屉全部拉开，哈，里面竟然还有很多"大白兔"，我抓起来，一颗一颗地吃掉了。

第二天，我弟弟也在家，我妈对我说："你把抽屉里的糖拿出来你俩吃。"我说，"让我吃完了。"我妈说："里面还有呢！"我窘迫地说："也让我吃完了。"

我有时猜在我弟弟的记忆里，我妈一定更偏疼我一点儿，但是，从童年到少年，甚至直到青年时代，我都在羡慕别人的母亲。近的是我同学葱葱她妈，葱葱经常跟我描述她是怎样恃宠而骄的；远的则有那些著名作家的妈，比如三毛和冰心的妈妈。

我甚至得出个结论，要想成为一个女作家，必须有个温柔的母亲（当然现在我不这么认为了）。所以，我沮丧地想，我这辈子是当不成作家了，我妈，太凶了。

记忆里只有一个和我妈嬉笑打闹的片段，大概我两三岁时候，我妈去上班，答应回来给我带粉笔。看她两手空空地回来，我不乐意了，滚在她怀里胡闹，我妈揉我的头发笑个没完。我后来想起这一幕，总有种不可置信感，我跟我妈，也曾这么亲密过？

后来的记忆里，我妈是一个随时会被点爆的炸弹。有一回，我妈给我报听写，我写错一个字，被我妈骂了几句。骂完了，她消了气，拿糖给我吃。我本来脸上就下不来，无功受禄更添无措，竟恼羞成怒起来，"啪"地把糖打到桌子上。太不识好歹了！我妈勃然大怒，伸手就是一巴掌。

经常会因为小错误挨打。比如中午踮起脚，走进房间，极轻极轻地去拉五斗橱上的抽屉，可是——从那时起我知道生活是不可控的——抽屉还是发出了一声令我魂飞魄散的闷响，这响声惊醒了正在睡觉的我妈，不消说，又抓过来一顿打。

凭良心说，我挨的打，最多也就是落在屁股上，跟我弟弟没法比。也许我妈觉得小男孩更扛打，生起气来那是连拧带掐，且拣大腿上最嫩的地方，一通教训下来，大腿上青一块紫一块的，触目惊心。

那年春节，我弟弟偷拿了他被我妈"暂时保管"的压岁钱，带我去Shopping（购物）。整个年下我俩吃香的喝辣的，大手大脚地买花炮，在小城的大街小巷里晃荡，阔得不得了。元宵过了，问题来了，我妈后知后觉地发现失窃了。我弟弟是主犯，我算是知情不报，双双受罚。

我弟弟挨打时，那叫一个鬼哭狼嚎，闻者悚然。轮到我了，惩罚轻得多，我妈法外施恩是其一，其二当时我姥姥在我家，大大地给我说了情。事后,我姥姥对我说,要不是我,你看你得挨多狠!

二

对于我和弟弟来说,最幸福的时光,就是我爸妈吵架时。很多人说怕父母吵架,我不怕,甚至很高兴平铺直叙的生活突然变得戏剧化了。我妈搬回城西南的纺织厂宿舍,跟我姥姥住着。我和我弟弟,坐着纺织厂的班车两边跑:平时跟我爸,一到周末就去我姥姥家。

那段日子,他们变成了一对好脾气的爹娘,给我们买好吃的,尽力争取我们。我妈总是说,要不是为了你们,我就跟你爸离婚了。这话吓不倒我,我简直是神往呢。首先那样他俩就不能同仇敌忾地整我了,其次是我喜欢生活发生变化。每次听我妈这样说,我总是全无心肝地想,离啊,离啊,你干吗不离呢?

他们最后当然没有离,每次都是我爸妥协。我爸一开始是亢奋的,他们争吵多半是为我奶奶,这使得我爸占据了道德高地,而我奶奶也激赏我爸的孝顺。但"道德"不能当饭吃,日子总要过下去,我爸妈毕竟是人民内部矛盾而非敌我矛盾,所以第二个流程是我爸托亲朋好友去劝我妈回来。

我妈有了台阶,也就顺势下来。我爸再亲自去把我妈接回家。有次他在路上买了几个我从未见过的大橘子,我拿着那个金灿灿的大橘子,不知道该高兴还是该失落,天哪,每天听我妈报听写的日子又卷土重来了。

像这样的流程循环了很多次,在我十四岁时终结。那次我爸没有托任何人,他自己去了一趟,和我妈进行了一次深谈,谈到两人性格的相似与差异,共同目标是什么,为了这个目标,他可以做哪些改变。这样的交流显然比找人说和、"给面子"效果好得多,我爸妈打那之后再也没有大吵过,我的"特别时光"结束了。

从此只有我妈上中班时,我们才会感到些许轻松。纺织厂实行三班倒,早班是从早到晚,中班是下午去，半夜回，晚班是半夜去，中午回。

我们最喜欢我妈上中班，早班说起来白天不怎么在家，但是对于已经上小学的我和弟弟来说，漫长的夜晚，才是一天里的黄金时间，我们可不愿意让这段黄金时间处于我妈的虎视眈眈之下。上夜班更不好，我们睡着了她才去上班，整个下午和晚上她都在家。后来我妈因病改换了工作岗位，上常日班了，我和弟弟也没了盼头。

这话说起来似乎十分冷血。但对于当时的我来说，我妈周围的三尺之内都是禁地，偶尔靠近，便有杀气袭来，如芒刺在背，压迫感十足。

有一次，我妈生病了，在房间里呕吐。我不知道该怎么办，走进房间会不会讨一顿骂？病中的她，余威不倒，连那呕吐声，都带着强大的气场，似乎一秒钟就可以转变为咆哮。

我在房间外面踟蹰，听我妈伏在床上呕吐，实在听不下去了，才走进房间，去倒放呕吐物的盆。端着盆出去时，我妈在身后冷笑道：你都不敢进来了，我将来老了还想指望你？我没吭声，端着盆出了门,现在想来,我妈那一刻的心应该很冷,以为我是怕侍候她,却不知,弱小如我,不过是心有余悸而已。

偶尔的温柔,出现在我十八岁之后。那一回,我妈患了梅尼埃病,在医院里住着。我拎了饭盒去看她,她吃不下。旁边那张床上的病人家属带来了韭菜鸡蛋馅饼,大大的一块,面皮上煎出褐色的小斑点,透出一点点的绿和金黄,整个病房都能闻到那香味。

我妈看了他们一眼,我明显感觉到我妈对那个馅饼有兴趣。我有了点儿说不上话来的感觉。之前,我妈从来没有显示过她想吃什么,她永远在吃剩饭,或是在我吃过的残骸里敲骨吸髓地剔出最后一点儿精华,免得浪费。她特别看不起馋嘴的女人,饮食态度近乎"存天理灭人欲"。

我妈望向馅饼的目光,第一次把她变成了一个小女孩,陌生的小女孩。我跟她说,我去帮你买一个吧?她点点头。馅饼买回来,我妈没有立即吃,她看着我身上的衣服,用前所未有的温和声音说,等我好了,给你做件红大衣去,长的那种。

我后来想起这件事的感触是,理解对方的欲望才能更深刻地理解对方,母女亦是如此。

但这种时刻并不能使我和我妈的生硬关系扭转,之后我出去上学,放暑假时我爸总叮嘱我晚一点儿回来,他说,你妈脾气不好。我心领神会地在学校里拖延着。工作之后,依然经常被我妈骂得灰头土脸,甚至我都来合肥了,几个月回一次家,还是会被我妈骂得逃出家门。

原因都是微不足道的小事,比如有一次是我和我爸聊得高兴,我妈拿了个床单让我换,我想也不想就扔到正在转动的洗衣机里。我妈勃然大怒,我愤然离去。路上碰到发小,他感兴趣地打量着我,说:"你气色怎么这么坏?好像被人打了一顿似的。"

好在我很快就能离开,我妈的性情,也在衰老中逐渐温和,我对我妈生出巨大的怨念,是在我刚结婚那会儿。

我弟弟比我先结婚,他结婚前后,我爸妈很

经历了一个漫长的兴奋期，买房子，装修，下聘礼，大办酒席，欢天喜地，得意扬扬。我结婚时的详情不想再说，总之一个是删繁就简三秋树，一个是枝繁叶茂二月花，虽然办了一场酒席，基本与我无关。

我当时无感，回头一想，怎么都不是滋味。后来听我妈聊起别人家的事，风轻云淡地说：闺女就是一门亲戚。

啊，这就是答案了，闺女是一门亲戚，打发掉就行了。不是我多疑，我爸就曾对我弟弟说，你不要那么辛苦，将来我们这一切不都是你的？我微笑地听着，想，我并不想要什么，但，这种泾渭分明的话，是不是最好不要当着我的面说？

许多年后的今天，我对这些已经释然，一方面因为多年努力，我已经可以完全无视父母的家产。另外就是这些年来，主要是我弟照顾我父母，我有时转儿点钱给我弟，还被他退回。我深知家里那点儿所谓财产完全无法和我弟的付出相比，没有谁想占我便宜，他们只是按照他们的认知来。

但我还是认为女性应该有平等的继承权，就像要承担相应的义务一样。不是每个女人都能够跑赢性别，更不是每个弟弟都像我弟那么有担当，赌人品太有风险了。

不过那时的伤心也不只是因为钱，还有我妈对我的疏离冷淡。有次我出差，请我妈来照顾下孩子，我妈居然决定在我出门那天来我家，也就是说，她根本不打算和我见面。

有次我娃高烧不退，我打电话问很有些保健知识的我爸妈怎么处理，他们刚接起电话，就因为一件什么事（不是大事）挂了电话。我心中不爽，不再打电话过去，他们一个礼拜之后才打电话问怎样了，那时我娃已经因为肺炎住院又出院了。

我妈总说她也想娃，但要照顾我姥姥走不开，都是我们回去。但我姥姥一度自己去乡下过了三个月，我妈在电话里都未曾提起过，还是有天她说漏了嘴，我确认之后简直要怀疑人生。

为什么我妈这么不爱和我们在一起呢？原因简单到你可能想不到，第一她喜欢待在自己家里，第二她不觉得我们有那么需要她。毕竟我从小学时起所有衣物都是自己买的——当然我爸给了我比较多的零用钱,太能干了,能干到让人觉得不被需要,爱,有时就产生于被需要感。

我是一个人拎着个写着"中国合肥"的尼龙包来到合肥的,自己去租房,添置生活用品。和我合租的女孩,则是轰轰烈烈住进来的,其实就她妈一个人帮她搬家,但厚达十斤的被褥,在厨房里琳琅堆积的各种吃食,都争前恐后地诉说着一个老母亲的爱。

后来我爸跟我说,有次我妈生病,半夜里上吐下泻,我爸满城给她找药。我妈接过我爸盗仙草般找来的药服下的那一刻,忽然说,如果闫红生了病,她一个人怎么办呢?

我听了心里一震,我妈是牵挂我的。只是,自小被排斥嫌弃的她,心里总有一种怯,不会把自己的感情看得太重,不觉得自己的爱,是别人的必需。她不会有一种"非如此不可"的急迫感,要去做点儿什么,她可能还怕给别人添乱。

所以天亮了，病好了，她对这世界的有序恢复了信心，又丝毫不记挂我地过下去，可能在她心里，我过于强大了。

我当时并没有那么强大，真正强大是后来的事。到如今，我完全能够理解我妈糟糕的原生家庭导致的弱势心理，又因这种弱势心理而显得疏离冷淡，我才真正感觉到自己变强了。

那些年我经常梦见跟他们吵架，激烈地指责他们不爱我，吵着吵着就哭起来，醒来还在拼命抽泣，一上午心情都很灰暗。经常感到被拒绝，打电话回家，爸妈口气冷淡一点儿，我马上就会有察觉，仓促地挂下电话，伤心上很久。

发起狠来，只恨不能像哪吒般剔骨还父割肉还母，但又说不出口，我和我爸妈没那么不见外。就算说了，他们可能也不会反省，只会觉得我作。我对这命运没办法。

2007年，我爸遇到了一场大麻烦，几乎要倾家荡产。这麻烦还没结束，我姥姥又摔断了腿。把我姥姥送进医院的那一晚，我忍不住痛哭。我妈在灯下慢慢地说，她想好了最坏的结果，大不了到街上卖小吃。她用心料理我姥姥的生活，对身边人无一句怨责，总说，他们又不是故意要这样。

责怪这样一个人不能对自己巴心巴肝，是不是过分了点儿？

三

再说我妈不温柔，是因为她从未被这世界温柔对待。

她生下来才五个月，我姥爷和我姥姥离婚了。我姥爷很快再娶，陆续又有六个儿女。我妈跟我姥姥过，我姥姥原本就是个暴躁的人，之后越来越暴躁。我妈回忆，她三四岁时，大夏天，她跟我姥姥一块儿赶路，我姥姥人高马大，走得飞快，她追不上。我姥姥也不抱她，皱着眉头丢回一连串咒骂。

我姥姥逼她去找我姥爷要钱，她怯怯地贴着墙根，看过继母的脸色，来到她爸面前，低低喊一声。她爸瞥她一眼，叹口气，递过几个小钱，也没有别的话说。由于我姥姥跟她前任婆婆屡发冲突，我妈经常被她的叔叔们围起来骂，多少年之后，她笑着说，想想那会儿，还真挺可怜。

参加工作后，她每月的工资都交给我姥姥，结婚后她的日子更烦乱，捉襟见肘的经济条件，多少年都过不上安生日子。

为了让家里经济更宽裕些，她下班之后还要帮别人打印材料，通宵达旦，上班都变成了休息，有段时间干脆请假在家里干活。好多个傍晚，我放学归来，一盏低瓦数的台灯下，我妈茫然地回过头来，一个人待太久，有动响的世界都变得陌生了。

有一次，她说自己不用再买新衣服了，又不出门，穿给谁看呢？许多年后，她对我说，女人一定不能待在家里，不然整个人都会"朽"掉，可就算快要"朽"掉了，她也未曾有一句抱怨。

她也不跟她父亲计较，逢年过节殷勤探望，那些欺负过她的叔叔，时常来我家走动，她做一桌子菜，再尽己所能地打开一瓶好酒。说起过去的恩怨，我姥姥咬牙切齿，我妈却只叹一句：唉，人不就这一辈子吗？老记着那些事儿干吗？

她轻轻松松地放下，高高兴兴地过日子——我和弟弟结婚后，她很少像过去那样疾言厉色了。最糟糕的日子里，她依然觉得命运待她不薄，起码我和我弟弟过得都还好。

她确实不是一个慈祥的母亲，不会像我那样顾惜孩子。但是她已经在她的权限范围里尽可能地多给我一点儿，比如早年把那些好吃的偷偷塞给我，以及后来我买房周转，她总是倾囊而出，说我和你姥姥的本子（工资存折）上还有点儿钱，我给你送过去？

这几年，在我心里，她的"气场"一点点消退，还原成一个小女孩：在医院里出现过一次的，想吃韭菜蛋饼的小女孩；童年的月光下，刚看完继母的脸色听完父亲的叹息又被叔叔们围着欺负的小女孩；若干年前的大夏天里，怎么用力也追不上母亲的脚步的小女孩……每一个小女孩，都应该被好好宠爱。

我姥姥去世之后，我和我妈有过几趟出行，曾见很多人吐槽带父母出门一路摩擦不断，但我发现我妈是最好的游伴。首先态度好，去哪儿都很高兴，没有非去不可的景点，对所到之处都怀有好奇和乐于发现之心；二是体力好，能跟我日行万步而毫无倦意；三是头脑好，一路帮我拾遗补缺，还能随时指点方向。

我想带她去更多地方，也许有一天我们可以一起去周游世界。

然而没几年，我爸脑梗死卧床不起，比我姥姥更需要人照顾。虽然我弟为我爸请了个护工，但细琐之事还得她操心，须臾难离。有时我回家，也只有扦挲着手旁观的份儿，我不知道我可以做什么，不能像我妈那样，凭我爸的一个眼神，判断他的冷暖，是要吃饭还是喝水。

早年我妈曾感叹她这一生什么都没做就老去了，每个人都有自我实现的欲望，她也不例外，但她的一生就是被各种坏运气消磨掉了。想到这儿，我有自责，还有一种急迫感，我的运气比她好得多，却没有把她那一份挣回来，我觉得很对不起她。

可能我和我妈的缘分就是这样，她有她与生俱来的局限，我也不是完美的女儿，我们无法像影视剧里的母女那样相亲相爱。但是作为独立个体，我理解她、同情她，也欣赏她，认为她是我所见的人中，最善良、诚实、勇敢的那几个人之一，有这样一个亲人，是我的运气。

吾友思呈君有一首诗，说如果有来世，想跟妈妈成为姐妹，"有陪伴，不纠结，有相知，没恩怨，有时顶顶嘴，很快又和好。一切都是容易承受的快乐，不甜不咸，不轻不重"。

做姐妹的好，是轻松，彼此不需要对对方的命运负责，只有喜悦，没有怨尤。但人总会有妈妈，不完美的、沉重的，但是亲爱的妈妈，所以还是要想办法，在无法轻松的处境中，对自己的妈妈更好一点儿。

四

那年我妈宣布她要学车，我先替她暗吸了口凉气，当年我学车时诸多艰难尚历历在目，倒车入库、上坡起步、百米加减挡……每一项后面还要加括号备注上教练的坏脾气。如果不是生活所迫，学车这种事儿，不做也罢。

我跟我妈说，你又不上哪儿去，在城里转悠，你那电动车就够了。朝哪儿一停，还不怕交警贴条。我妈说她也不打算开车，只是，多学个技术，总不是坏事吧。

她这么一说，我也不说什么了，我记起她是一个爱学习的人。对于爱学习的人，艰难险阻只会让突破更有成就感，教练的坏脾气更无须放在心上。学习是她的幸福之源，在多风雨而少彩虹的人生里，不断地给她提供快乐、自信与忘我的力量。

35岁之后，我常有淡淡的惆怅，我还没有喧嚣华丽地活过，怎么就这么老去了呢？这种喧嚣华丽倒不是指鲜衣怒马生活奢靡，而是去很多地方，做成有价值的事，把自己活成一个有故事可讲的人。

用这种眼光回望我妈的平生，发现更加荒芜。如果说我的人生里还有各种小确幸如萤火般细碎飞舞，我妈的人生，就如浩荡空茫的长路，一眼望到尽头。

缺失自婴儿时代起。我妈出生于 1951 年 2 月，在她出生的大半年前，新中国第一部婚姻法发布，婚姻法首先提倡婚姻自由，而婚姻自由的另一面，是离婚自由。

当这新鲜空气吹到淮北平原时，机关里掀起了离婚大潮，干部们纷纷除旧迎新。我姥爷倒不是那种无情无义的人，但我姥姥脾气不好，把婆家人全得罪光了。我姥爷家族趁机施压，我姥爷就坡下驴，半岁多的我妈，被法院判给了我姥姥。

我妈说她小时候最怕听到别的小女孩说"俺爸给我做啥啥"了。人家都有个"俺爸"，她没有。她对父亲的概念，就是每每她在母亲的威逼下，一步三挪地到他跟前跟他要钱的那个男人。他吧嗒吧嗒抽着烟袋，重重叹着气，从口袋里摸出钞票，递到她手里。

老爸形同虚设，老妈则是个非典型，我姥姥不能说没有爱心，只是不懂得温柔为何物，我小时候也是在她老人家治下长大，差不多可以知道我妈的处境。如今"原生家庭"一词是高频词，连我对我的原生家庭都多有抱怨，但看看我妈的原生家庭，那才叫一塌糊涂。

她这辈子也没有什么钱。十八岁被招工进城，之后嫁了我爸，我爸虽是干部，同样来自赤贫之家，负担沉重。家中长年累月捉襟见肘，有几年又有各种变故，到现在才算好了一些，但我妈的退休金微薄，甚至不如在乡镇卫生所做过护士的我姥姥退休金多。

在这样先天不足后天又多有负重的人生里，自然很难有所作为，在自我实现这一栏，我没法给我妈填上更多内容。

从各个角度看过来，我妈这辈子过得不算好。但目睹我妈这大半生，我发现她常有一种愉悦感。是的，我用了"愉悦"这个词，而不是高兴。相对于高兴，愉悦的快感里，是带着一点儿充实感的，让我妈不觉得此生虚度的原因是，她是一个爱学习的人。

前面说了,我妈那个爹,跟没有也差不多,我姥姥也没什么文化,我妈早期教育一般,似乎只有高小文化。但我妈很留心别人的长处,跟我爸结婚后,我爸喜欢看书,看小说,他订的文学期刊,我妈也拿过来看,看着看着就上了瘾。

我小时候,每月杂志寄到那几天,我们家的饭桌上,总是同时开着小型的文学讨论会。我爸妈会把他们忙里偷闲看过的那几节讨论分享,我对文学最初的兴趣,也是从这种讨论中来的吧。

等我长大一点儿,我妈开始跟我一块儿看三毛、张爱玲以及民国作家徐訏等人的小说。她对三毛不大感冒,喜欢徐訏那种不疾不徐的叙事方式,一度对张爱玲很着迷,看完了却感慨她太"独",警告我说,你可不能像她那样。

看得多了,我妈也写,写乡村往事、童年记忆,在我爸的指点下投稿,居然也屡有发表。当时我妈身体不好,得以调出车间去办公室做勤杂工。勤杂工主要是打扫卫生,像空气一样静默地来去,唯有收发员时不时地一声喊,奔去拿样报与汇款单的我妈才有了存在感。

还有些技术活儿，我妈也不在话下。电脑打字机刚流行时，我们家也置办了一台，一则为我爸写稿方便，二来时不时还兜揽一些为其他单位打印的活儿，算是家庭副业。

开始主要是我爸操作，后来我妈看着技痒，一边做家务，一边"王旁青头兼五一"地背诵起来，三五天之后，居然能见字拆字，让费了好大劲儿才学会五笔字型的我爸佩服不已。

微信兴起后，我给她买了iPad，从没有学过拼音的她，成天在键盘上戳戳点点，很快不但能用微信在节假日发送祝福，视频聊天使用各种表情符也不在话下。

学习对我妈是一种生活态度。她到亲戚家，会注意人家怎么收拾房间，跟人谈话，会想到吸收有效信息，连看韩剧，她都注意吸收正能量。她曾很认真地跟我说，韩国人的理念是，不要活得长，只要活得好。所以她不关心旦夕祸福，只要眼下的一时一刻能活得高兴。

我有时笑我妈，简直是一本人形鸡汤。然而鸡汤本身没错，错的是做不到，我妈一生能身体力行，我将她与我自己做个对比，发现她比我勤奋。

这种勤奋不是"头悬梁锥刺股""三更灯火五更鸡"的不眠不休，而是勇于拥抱人生本身的热情。前面我说了，我觉得自己没有喧嚣华丽地活过，没有去过很多地方、做成很多事，我所言者，皆是结果。我是为了那结果，去忍受各种过程。为了降低我的忍耐成本，我会想要投机取巧、以小博大，难免窃喜与灰心错杂。

我妈一生运气不好，反倒让她成为一个过程主义者，她先行一步地发现了过程中的愉悦。这种愉悦感无须依凭，自给自足，不看别人脸色，也不用跟谁比较，成功感来自日复一日对于自我的超越，即使周围兵荒马乱，她依然能够自洽。

我妈因此保持一种有尊严的安全感。我爸这人是个"妇女之友"，对于女性有较多的同情，经常有女同事登门或是致电跟我爸讨论各种人生难题，我妈从未介怀。

我读小学时，班主任在班上说，闫红的爸爸是个知识分子，妈妈是个工人，但她爸爸从未嫌弃过她妈妈。我当时听了只觉得暗暗吃惊，我从不曾觉得我妈就低我爸一等。至今我爸说起我妈，总是不吝赞美吹捧之词，我想这除了"老公眼里出西施"，也是因为我爸确实折服于我妈的"人格魅力"吧。

我妈在钱这件事上也表现得比我体面。缺钱是一件事，被缺钱这件事弄得心烦意乱是另一回事。我妈曾说，她以前最看不上那些每到发工资的日子，就在财务室门口一遍遍打听的人。别人跟她借钱，不还她也不会讨要，她将情分看得比金钱更重要。

这几年家中经济好转，有限的一点儿钱，已经能够让她活得像个"有钱人"的样子，听说亲朋好友需要，便慨然拿出。很多别人耿耿于怀的东西，都不能引起她情绪的动荡，她不怕穷，不怕老，不怕没人爱，也不怕不赶趟。

世间有很多愁苦，都是闲出来的，这种闲，不是无事可做，而是没有推动自己上前的勇气，便以各种杂事推诿，装作时运不济，装作为爱所困，装作自己原本可以伟大只是诸事阻隔，获得虚假的满足与安慰。

我妈是一个与命运劈面相逢的人，不曾被她的命运击倒。虽然，她也常常感慨自己这一生无所作为，但是我觉得她这种活到老学到老、不惧任何处境的精神，就是她的了不起之处。能首先救赎自己的人生更伟大，她也是我身边一个伟大的人。

最后多说一句的是，通过我妈坚持不懈并饶有兴味的努力，驾校考试，她连连过关。她拿到驾照的喜讯传来，我对某人说："你知道我妈年过六旬为什么还要考驾照吗？就是为了砢碜你们这些年纪轻轻不肯学车的人！"某人无话可说，灰溜溜地走开了。

五

有年我去上海做一个活动，海报被我妈一个老同事发到了工友群里，群里沸腾起来，我妈在上海的老同事都要去参加。

我听到这消息很惊慌，请我妈帮我婉拒。大热的天，上海又那么大，那些阿姨若是千里迢迢赶来，我很怕忙乱中不能照顾到每一位，若有疏漏，我会很久不能原谅自己。

看我这么坚决，她们也就作罢。不知怎的，我心里又有一点儿遗憾，对于这些从未谋面的上海阿姨，我好奇了很多年。

我小时候就知道上海是一个物质充盈的所在，类似于"流着蜜与奶的世界"，因为我家里出现的好东西，都是"上海人带来的"。

"上海人"是我妈对她那些上海同事的称呼，她们是知青，被招进工厂。一般说来，称熟人为"某地人"，不说"地图炮"吧，总不太客气。但我妈厂里人这么称呼，却很有点儿高看一眼的意思。

毕竟是上海啊，无论在那时还是现在，上海都有着某种其他城市不能及的光环。王蒙写他在新疆时给房东展示收音机，在当时收音机太神奇了，房东迷上了。王蒙不知道出于何种心理，说，一定是上海生产的。后来发现，产地北京。

我妈厂里的"上海人",也确实风采不同。在我妈的描述里,她们更洋气,也更聪明,有不少做了技术员,不管什么东西,一看就明白。我其实不太相信哪个地方的人智商更高、"更聪明",也许是从大城市来,见得更多吧。

但她们没有大城市人的傲气,一些人甚至学会了本地话,只是说得有点儿荒腔走板,平添几分风趣。每次她们回上海探亲,就变成那年代不收费的代购。当时大家普遍认为上海的东西质量更好、款式更新,尤其是衣服,更走在时代最前端。

印象中我有两件衣服来自上海,一件是粉红色绣花小喇叭裤,一件是大红滑雪袄,都是我四五岁的时候"上海人"探亲带回来的。

小喇叭裤非常时髦,用现在的话说,还有点儿酷,我穿上之后没法在家待着,总想跑到人堆里展示一下,不肯衣锦夜行。

滑雪袄则有点儿一言难尽,也算是潮流顶端,潮归潮,不太好看。我妈把衣服朝我身上一罩就看出来了,笑着说:"像个大红西瓜。"

我们一开始以为是买大了，姑且穿着，穿了两三年，逐渐合身之后，还是不好看，我们确认那件滑雪袄起码是于我不相宜的。从上海来的它过了两三年其实还是很时髦，当你拥有一件看着特别时髦、穿着却不好看的衣服，真的是又得意又微微惆怅啊。

"上海人"也会带最先进的零食回来。我吃到的第一块巧克力就是"上海人"送的。我弟有年生日，上海人送了他两只大肉粽。那之前，在我们小城，粽子只能是甜的，豆沙馅或蜜枣馅的。我弟对这肉粽惊为天物，回味再三。可能一则是那年代荤物还是更珍贵点儿，再就是孩子还没有形成"粽子只能是甜的"这种刻板印象。

我打小不吃猪肉，无福体会这肉粽的美味，但正因如此，"上海人"送的别的好吃的，我妈会藏起来，给我独自慢慢享受。

我记得有一种"拷花塘"，工艺类似于景泰蓝，红色绿色的水果味糖丝嵌进糖块里，像幅微型的画。这工艺先进，并不更美味，只是我妈神秘地把糖果塞给我,那种对于"弱小者"的关怀,让我记忆犹新。

后来我长大,去上海上学。走在上海那些街巷里,我似乎看到上海阿姨们的童年。她们在这样的地方长大,十几岁时,被撒向四面八方,人生际遇,有太多偶然性。

回家我跟我妈说,别的都好,就是我听不懂上海话。我妈说,她能听懂所有上海话。

我妈五十岁左右内退,我也真正离开家乡,去别处谋生,不再听到上海阿姨的消息。前几年,我妈第一次去上海,回来时经过我家。我接到大包小包的她,问她感觉怎样,我妈的表情复杂,说给人家添麻烦了。

原来这次旅行是她们工友们的集体行动,起因则是之前"上海人"回了一趟阜阳。那些上海阿姨退休后,有不少随子女回了上海。但对于她们成长奋斗很多年的地方,还是有感情的,就结伴回来看看。

她们自然受到昔日老友的热情接待,也邀请老友去上海看看,我妈她们这些没有去过上海的人,欣然前往。到那儿我妈立即紧张起来,不是上海阿姨不热情,相反,她们很热情,但是两地消费水准差距太大,毕竟是"沪币"嘛。像我妈这种深恐给人添麻烦的人,就很不安。

但终归是开心之事,有上海阿姨对我妈说,你啊,还是像当年一样实在厚道。在我妈眼里,这些老朋友,也还是像当年一样聪明漂亮。

我说,她们回到上海后过得怎样。我妈说,应该什么样的都有。她不太关注这些,这都不是个人能够把握的事,就像当年那些阿姨年纪轻轻就被撒向四方,也不是个人能决定的。自己所能做到的,就是在有限的空间里,尽量把自己过得高兴一点儿吧。

历来对于上海人有着各种描述,有的说是聪明讲规矩,有的说是精明小气,褒贬都显示出上海人是高冷的、有距离感的。但因为这些阿姨,上海人在我心里,总是有着温暖的底色。

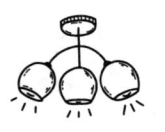

我爸

一

我有时候觉得我爸不像一个"真"的人，像书里的人。我看《平凡的世界》会想起他，他和孙少平一样贫穷又硬棒、心气高，想赤手空拳杀出一条血路，终究难免于失路的彷徨。

一个"好的"中国人的样子他都有，热忱、耿直、孝顺、容易感到幸福……当然，他也有少少的一点儿重男轻女，好在同时还有恻隐之心加上文艺气质，对我不算坏。

但也有些时候，我会特别清晰地感觉到他是一个"真"的人，出身于社会底层，靠奋斗一步步实现阶层跃升。对于奋斗，他已经形成路径依赖。

三十岁之后，奋斗的效力微乎其微，情商、背景还有运气才能让人事半功倍，他都没有。他不理解也不服气，以为是自己做得还不够，做得更多一点儿就能到一个新世界。

于是我看到一个将有限人生投入到无限的奋斗中的人，像一个想不开的西西弗斯，早晨推着石头上山，傍晚看石头滚下。气人的是还有人身轻如燕地从他身边跑过，告诉他，推石头上山只是他的命运，不是人类共同的命运。

我有时会替我爸气馁，想对他说，何必呢？人生苦短，用不着这么悲壮。但有时候又想，不悲壮又如何，像鲁迅所言：绝望之为虚妄，正与希望相同。同样都虚妄，不如选个自己喜欢的。我爸的来路，注定他只能在希望以及希望引发的奋斗中获得快乐。

就先从我爷爷说起，我爷爷是一个山东人。

我爷爷原籍山东枣庄，幼年和家人逃荒要饭来到颍上县南照镇八里庄。逃荒这词我不陌生，吾乡属于黄泛区，能不能吃上饭全看老天心情。收成不好时，人们被本能驱遣，去能吃到东西的地方，有时候官方也会组织百姓异地就食。枣庄大概当年也是如此。

在地图上拉一条线，从枣庄到颍上，先向南，后向西，放现在是405公里。交通不便的年代，不知道他们走了多少天，又为何留在这里。

对于贫苦人，可能不需要理由。纵然有花柳繁华地、温柔富贵乡，那繁华富贵和他们有什么关系？他们像飘蓬，被求生本能驱遣着，到哪里都是受苦，到哪里也都能扎根，但凡给他们一点儿活路，就能留下来。

我爷爷的父亲在八里庄给人当了佃户，再没有离开过。他虽命如草芥，倒也有些心气，活着，就想活得像样一点儿。

中国人的门楣上常贴有"耕读"二字，"耕"是求生存，"读"是求发展。虽说寒门难出贵子，但读书在漫长的历史里，几乎是改变阶层的唯一通道。

我爷爷九岁那年，他父亲求了地主，将他送进私塾，和地主的儿子们一道读书。倒也不敢妄想蟾宫折桂、飞黄腾达，贫苦人能识得几个字，去做个生意，不用一辈子面朝黄土背朝天，就已经是阶层飞跃了。

我爷爷在私塾里读了两年书，认识了一些字，赶上饥荒年，交不起学费停学了。

但他因此得以去县城一家中药店当学徒。学徒期满转为正式工前，药店夜里失火，店老板认为是学徒吸烟，扬言要将学徒吊起来打，我爷爷闻讯逃走。

他逃到淮河边上一个小集庙台集，在一家药店里帮工。他其貌不扬，身量不高，但聪明又仁义，被人看在眼里。

这个人姓杨，家境算得上殷实，妻子是当地出了名的美人，生个女儿也是如花似玉。只可惜他就这一个女儿，在吾乡，没儿子的人家被称为"绝户"。

我奶奶这种独生女，没有这种可以凭借的暴力资源，若是遇人不淑，命运不会比贾迎春更好。所以尽管说媒的人快要踏破门槛，杨先生也不肯将女儿轻易许人。

他要找这么一个人：脑子好使，女儿往后不至于吃苦；又要厚道，全心全意待他女儿；穷苦一点儿倒没关系，他早就为女儿备好了一份不菲的嫁妆。

我爷爷像是从天而降，他样样俱全，又是外乡人，更添一份安全保证。事后诸葛地说，我爷爷这个老丈人的选择实在明智，后来我爷爷一辈子将我奶奶捧在手心里。

我爷爷算是草根逆袭，迎娶"白富美"走上了人生巅峰。他拿着老丈人给他的十块大洋，在庙台集开起了中药铺。

我爷爷是天生的生意人，善于逐利，也懂得让利于人。纵然那年月兵荒马乱，凭着他周旋揖让的好身手，生意算得上兴隆。我小时候经常听我奶奶追忆昔日繁华，说那时每天收的钱都能装满一抽屉，我大伯放学回家，随手抓一把到集上去花，从来没人问他抓了多少。

后来出于某种原因，我爷爷从一个小老板变成药店员工，他仍然审慎又勤谨地与他的生活周旋，设法让四个儿女吃上饭，活下去，还要有点儿出息。

还是只有读书这条路。我爸兄弟姐妹四人，只有我大姑生得早，没有上学，其余三人都读到了高中毕业。

我大伯是那种得到上天特别眷顾的人，轻轻松松就考第一，从小镇一举考上阜阳一中，在当时等于一只脚踏进大学校门。他上高中时，在阜阳日报上发表整版文章，加上他还遗传了我奶奶的高挑与美貌，是十里八乡数得着的人中龙凤。

可惜天分高的人，常常会踏入一种陷阱，别人不可企及的东西，他们得来的太容易，就把这东西看得不值钱。我大伯高中毕业前放弃高考，后来一边当乡村教师一边写作，以此进了县文联。

我大伯偏爱我弟，不算喜欢我，我也不怎么喜欢他。但想起他来，我总记得，他到我家来，兴致勃勃地谈创作。我记得他讲起某人的言行举止，像捡了个宝贝似的高兴地说："太典型了！太典型了！"我记得他为某个主题拍案称奇，还有，他喜欢契诃夫。

我想那应该是他一生里比较快乐的时刻，因为专注而快乐。大多数人的一生都是三心二意地度过，生出很多不开心，亲手打造出痛苦的锁链。我虽然明白这一点，也难保自己不陷入其中。

我爸长得也好，我早年影影绰绰的印象里，就觉得他是个好看的人。眉毛浓而密，眼睛大小合宜，内双，下有卧蚕，笑起来弯弯的，从照片上看，是明亮又稚气的气质。

这和善的眼神，中和了他的鹰钩鼻子可能会有的凌厉。他还有两片薄嘴唇，我姥姥以前就说："薄嘴唇的男人能说，比如你爸。死蛤蟆都能让他说尿。"不过这个薄嘴唇加上他的 w 下巴，是有点儿洋气的。有次坐火车，我斜对面坐着个六十岁左右的外国人，我很注意不去看他，却还是会有一种我爸坐在我对面的错觉。

二

但我爸终究不如我大伯，我大伯读的是行署所在的地区一中，我爸读的是县城一中。我大伯聪明灵活，我爸憨直到近乎笨拙。我大伯有天才并相信自己的天才，我爸，一直把自己当成一个普通人，特别相信奋斗。

我爸从小就又倔又乖，他像个好孩子的模板。我小时候他经常说起他读初中时，经常饿得前胸贴后背，睡不着，学不进。有天学校发了九个绿豆丸子，他拿在手里，不时闻一闻，想抠一点儿放嘴里，但最后还是管住自己，带回去给我奶奶吃。

我当时听了就感到不可思议，一个孩子，如何能抵御饥饿一次次来袭，把珍贵的绿豆丸子留给母亲？这太反本能了。我得说，换我十有八九做不到。

我爸之好学，也让我这个学渣吃惊。他在上初中之前的暑假得了疟疾，拉了四十天肚子，快开学时整个人半死不活的。我爷爷奶奶劝他别上了，大伯劝他休学，他都听不进去。他那时虽然小，却懂得"唯有读书才能改变命运"。他自己卷自己，在开学后把成绩追了上来。

小小的孩子，怎么就那么有危机感、那么坚定？当年不比如今，读书不是必选项，很多人随便就放弃了。想其原因，大概是不像我爸这样，想要改变命运,并且相信奋斗的力量。

我现在陪读,每天早高峰时穿越整个城市去上班,车载地图会告诉我抵达时间,但那时间点总在变动。我一开始以为我开得快一点儿,就能早点儿到,后来发现主要取决于前方路况。保不齐前面什么时候堵上了,抵达时间不由分说多跳个十几分钟。我的意思是,个人奋斗固然重要,历史进程更重要。

我爸一直保持着好成绩,到高三更是信心爆棚,他想报考北大俄语系,将来去苏联当外交官——那个时代的人,对于苏联有很多浪漫的幻想。他当时俄语经常考满分,有次考了99分,他还心有不甘到老师那里扳回那一分。

他做了很多准备,要把握住高考这一生里最大的一次机会,但是,"咣当"一声,考试取消了。我记得我读书时,也曾因为什么事取消了一次期中考试,作为学渣,我欢天喜;我的学霸闺密站在旁边微笑,我从她的笑容里,看到一丝丝哀愁。人类的悲欢果然无法相通。

我的学霸父亲,对这一变故反应更为激烈,他看见命运不由分说地对他关上大门，只能面朝黄土背朝天地过一生了，他跑到小河边大哭一场。

人真的不要太着急失望。这是1966年。1968年，我爸等来一个机会，部队到他们县征兵。我爸去报了名，体检时因为"鼻中隔偏曲"被刷了下来，他这次彻底死了心。几天后，一群人敲锣打鼓到他家，给他送来入伍通知书。

后来才知道征兵的首长专门点名要他。

还是在应征青年学习班上，应征者一一上台念决心书，我爸把决心书写成一首诗，朗诵得热血沸腾。首长当时就记下他的名字，后来翻定兵名单，没看到这个人。听说他"鼻中隔偏曲"，首长说，这不是大毛病，到部队里能治。他在我爸的体检表上的"不合格"三个字前加了个"暂"字，后来当然就合格了。

当时军营里文化程度普遍不高，我爸这个高中生就算是文化人了。他被重点培养，选去参加《蚌埠报》的通讯员学习班，回来后调到团新闻报道组，在前辈几乎是手把手的指导下，他采写的作品刊登在《人民前线》报头版头条位置，没几年就被调至旅部当了干事……

与此同时，我爸的感情生活也进展顺利，有人给他介绍了一个姑娘。那姑娘不能说有多漂亮，但在我爸眼里很可爱。她送了他一张照片，他闲来便把照片看了又看，不小心被战友撞见，让大家取笑了很久。

那几年的我爸，可谓春风得意马蹄疾，爱情事业双丰收。但是生活的峰回路转，总让人猝不及防，部队上倡导干部下基层，我爸从旅部被派到连队，当了指导员。

我爸原本是耍笔杆子的，忽然要带兵训练，实非所长。这个还可适应。更大的打击是，他的恋情终结了，都快要结婚了，女友突然变卦。

为什么会变卦，原因有很多，我爸认为和他下连队有关，当时有传言说他们下一步就是退伍回家当农民。我爸认为姑娘接受不了。他接受姑娘的不接受，人家一个城里姑娘，确实也不可能跟他去农村，但他是奋斗了好几年，似乎终于能跟城里人一样坐下来喝杯茶了,这下被打回原形,失落感加上失控感,他遭遇了史无前例的精神危机。

痛苦无边无际,他唯一的突围方式是读书,读一小时书,就被假释了一小时。那段日子他读了很多书,都是他当时能找到的书,《钢铁是怎样炼成的》《家》《春》《秋》《创业史》……

并不都是值得一读的书,但"读"比"读什么"更重要,阅读会令人专注,从而忘忧。

我爸认识我妈,也是某次探亲时,媒人介绍的。我爸后来无数次说起他第一次见到我妈的场景,说我妈一进屋,他就觉得眼前一亮,我妈个子很高(大概有一米六七),皮肤白皙,眼睛很大。不过,在他的相亲对象中,我妈并不是最漂亮的一个,让他瞬间满心欢喜的,是我妈那种淳朴的气质。

许多年之后,吾友思呈君来我家玩,聊起很多人说我们俩长得像这件事,我爸说你俩主要是笑起来都很淳朴。这句话我和思呈君也笑了很久,淳朴听上去不像是多高级的评价,比不得聪明或优雅等,但我们俩都很喜欢。是不是因为淳朴的人,会更加真诚和用力地生活呢？淳朴，更能和生活无缝对接。

初见我妈可能是我爸人生里最美妙的体验之一，他后来多次跟我说，谈恋爱，一定要满心欢喜，以后日子长着呢，磕磕绊绊多着呢，要是没有一开始的满心喜欢，碰上点儿事就过不去。

这话，好像有个名人也说过，我记不得是谁了，说爱情必须有，就算以后烧成灰，也还有灰烬。生活这么难，有一些灰烬也是好的，也算有个依凭。我爸妈也是凭着未熄的余烬，穿越岁月风雨，走到今天，虽然不能算很融洽，好在不像很多夫妇，已经彼此冷了心。

结婚后，我爸还在部队里，我是在我姥姥家出生的，我姥姥是区卫生院的资深接生婆。我五个月时，我妈带我去探亲，部队驻扎在江苏盱眙附近的一座山里，山名打石山，山下是洪泽湖，湖中多鱼虾螃蟹，据说我妈那回吃了很多大螃蟹。

1978年，我爸退伍还乡。

他的第一站是去卫生局，在落实政策办公室。当时"四人帮"刚刚粉碎，含冤待昭者很多，我爸的工作就是帮助这些人平反昭雪。这工作能听到很多故事,太多人因为一个荒谬的缘由搭进去一生。我爸把有些人的经历整理成文,投给报刊,接连发表。

1980年,《阜阳日报》复刊,我爸调入报社。在这个岗位上,我爸如鱼得水,三两天头的,他回家会很高兴地告诉我,他又有一篇稿子登在报纸上。我年方四五岁,对于世界理解有限,"稿子"和"登"这两个词都让我费解,前者让我想起我奶奶抽屉里那些药膏,后者的发音,让我很容易觉得是一个动作。

之后的许多年,我爸稿子登上大报都是我家的高兴事儿。

1984年某一天,我正在外面玩,我爸快乐地对我招手,说有个好消息,我的第一反应也是:你的稿子登上《人民日报》了?我爸说,我们家买电视机了。

那台24寸大彩电,售价1040元,还得要票,还得赶上商场有,就那么天时地利人和地凑齐了,是家中值得记一笔的大事。

以我爸那样单纯又磅礴的工作热情，上稿率自然很突出，但两三年之后，报社开始提拔干部，没有考虑他。我还记得我爸不无失落地说："现在吃香的都是大学生，我们这些老转不行了。"

倒也不是谁特别针对他，那几年七七、七八届大学毕业生正崭露头角，人才辈出，大学生是全社会公认的天之骄子。

没有学历加持，写稿这个本事也黯然失色了，甚至还会惹来麻烦。有段时间，小城恶犬伤人事件频出，我爸写了一篇相关报道发表在省级媒体上。据说此事激怒本地某领导，说是抹黑了地方，加上我爸跟报社领导关系原本就不怎么样，被撵出报社，调入某机关。

放现在，这是从事业编变成公务员，简直就是提拔。那年头没有这个意识，我爸的直观感受是他输了，胳膊拧不过大腿，但胳膊也可以有胳膊的骄傲，我爸的骄傲来自他能挣到钱。

我爸向来爱挣钱。

一方面因为家庭负担重，我奶奶常年吃药，时不时还要住院；另一方面，当他感到怀才不遇，"欲渡黄河冰塞川，将登太行雪满山"时，挣钱这件事能够给他某种成功感。

有人说金钱有一点儿像上帝，是在权力之外，控制这个世界最好使的工具，甚至权力也常常听命于金钱。我爸虽然挣不到那么多的钱，但是当他感觉到没有被单位公平地对待时，就会昂然说，没什么了不起，我挣的比总编部长都多。

起初他挣钱的方式不脱乡土本色，养过兔子——一笼一笼的安哥拉长毛兔，养在院子里，我爸下班就会去护城河那边的郊外割草，有时也带上我。他割草时会对我指认蚕豆，有次，让我看一只螳螂，它绿得透明，悍然举着一双"大刀"，大眼睛愣愣的。

受国际形势影响，兔毛突然降价，我爸把兔子卖了，养鹌鹑。有段时间我们家早餐桌上总有三五个鹌鹑蛋。

他甚至还养过土鳖，想过种苜蓿草，买过一台针织机……搞钱方式流水般更换，但有一样很恒久，就是写稿。

1994年我去上海读书，学费加上生活费，单是生活费就六七百（现在想想，我确实也太能花了，但当时仍然觉得不太够），月入五百的我爸，是靠稿费供下来的。他每两三个月去一次邮局，左手取了汇款，右手寄给我。

为了提升上稿率，我爸买了台打字机，写稿之外，他也接打字的活。他所在的那栋楼上原本有个打字店，我爸的优势是顺便还能帮别人改稿，包括整理讲话材料等。生意红火，我妈也来搭把手，下班就奔去打字，以至于我妈不在家时，我耳边也会有嗒嗒的幻听声。

打出来的蜡纸，要到油印机上用人力印出来，活多时，我爸会忙到深更半夜。他的手指常年是黑的。有天他把手伸出来，笑着说，"两鬓苍苍十指黑"，我听得心里有点儿难受，什么时候起，他已经不再是当年那个好看的人。

我爸却主要是得意，甚至在单位里放狂言："部长又怎样，我挣的更多。"我当时觉得他高调得有点儿莫名其妙，现在想来，那是他对抗这世界的一种方式。他工作那么努力，得到的认可却很有限，不管在哪里，他都要给人让路，要给有学历的人让路，给有背景的人让路，一让再让之后，这种狂傲，也许是他的一种自我保护吧。

然后他就去了另一个部门。这一次他待得比较久，虽然因为没学历没背景提拔依旧受限，好在渐渐地，排在他前面的人相继高升，他终于也熬成了一个部门小领导。职务不算高，但有点儿小小的权力，可惜权力这样东西，落到他手里，也是明珠暗投。

有次他和一位领导去南方出差，路途迢迢，要在某地中转。到了当地，领导司机说，找个好点儿的酒店吧，我爸说，好赖不过一宿，对付一下就是了。费用是由我爸所在部门出，领导和司机只好由他。

结果我爸找的那个店条件简陋也罢了，夜里还进了贼，把领导的裤子偷走了。老板娘跑到大门口，找回裤子，领导赶紧去摸口袋里的钱包，当然是摸了个空。

我也是不擅长和领导交结的人，但想象此情此景，换我估计能吓够呛。咱固然不必去巴结领导，但也不要得罪人家啊。我爸回来后说起，却哈哈大笑，对受害者非常没有同情心。

那一路诸如此类的事还有很多，人家领导高高兴兴出个差，愣是被我爸整成了荒野求生。公平地说，这个事，领导相当无辜，想住个差不多的酒店，吃得稍稍像样一点儿有什么问题吗？

我爸也不是有意整蛊，他常说自己是"泥人不改土性"。省吃俭用惯了，在他眼里，住得好坏真的没有差别啊。至于说会进贼，他不觉得是个事，睡前他把衣服都折好放在枕头底下，也提醒领导了，领导不听，他有啥办法。

这位领导卸任之后，我因为偶然的机缘和他聊过几次，发现他读书甚多，待人接物都有些书生气，在官员里，是比较令人愉快的那一类。可惜和我爸没缘分，不过人与人之间，隔膜才是常态。

并不是每个领导都能像这位这样默默忍耐。我离开小城后，我爸在那个机关也待不下去了，重新回到报社，直到退休。

三

之后几年,我爸过得不怎么快乐,即便他不说话,我也能在他脸上隐隐看见怒意。后来他开始写作,写得废寝忘食,他现在身体不太好,可能都与此有关。

我体会我爸的心情,一定有许多不甘。他这大半生,活得兢兢业业,工作上他热爱新闻事业,听到哪里有线索,总是第一时间赶到。为了写稿废寝忘食,名字频繁出现在各大报刊上;对于朋友,他慷慨热情,为人质朴,奉献多而索取少,人送外号老黄牛。为什么他这样的人,总是要给人让路?总是处于下风?

他在乎的也许不是得到,而是他一直信奉的才能与奋斗,在别人眼里为什么这么一钱不值?被人家肆意踩在脚下摩擦。

我有次跟我爸聊到这个话题,我说他对世界认知有问题,我曾经听他饱含蔑视地评论某个人:"他连四指长的小稿都写不了。"问题是,会写稿是你的核心竞争力,不是人家的,人家有的,是另外一些东西。人家觉得那些才是最重要的。

"我不要你觉得,我要我觉得",这个话,不是人人都能讲的,普通人,说了不算,这种铁律,不是通过努力就能跨越的。到了这个年纪,不如与世界握手言和,躺平拉倒。

我爸当时很不以为然,说我太悲观。我不想争论,打了一句哈哈了事。我拿来打哈哈的那句话,就是网络上比较红的,"悲观者正确,乐观者前行"。

用这句话终结争论真是再合适不过了,既不得罪对方,也不放弃原则。

有一天,我想,但悲观真的正确吗?

那是在我娃某次期末考试成绩出来时,他考得不太好,他的好朋友考得也不太好。他好朋友的妈妈打电话给我,各种诉苦,感觉天都要塌了。我说一次考试成绩不说明什么啊,其实考试成绩本身也不说明什么,不要太悲观,悲观是无益的消耗,只会堵死自己的路。

说着,我忽然想起我爸,从根本上,我和我爸一样，是一个乐观主义者。我们凭借着乐观，走过艰难，同时将自我保全。这一点，尤其体现于育儿这件事上。

我爸退伍时，我两岁多，我爸每天下班回来，就教我识字。我再长大一点儿，如果他到家时看见我在读书，会奖励我一颗糖。

于是出现滑稽一幕，傍晚，正在玩耍的我忽然冲进房间，拿起书大声朗读。外面我妈和我姥姥哈哈大笑，并不是我爸回来了，她们用扇子扇炉子的声音太像自行车轮声了。

我阅读能力再强一点儿时，我爸给我买来很多童话书，其中一本叫作《童话学》。那些理论对于五岁孩童实在太高深了，但援引的例子还是让我看了很多遍。

我每一篇作文我爸都会细读，上初二时，一首奉旨而作的朗诵诗让我爸惊为天作，当晚送到他的同事、副刊编辑王秋生家中，王叔看了也说好，这是我发表的第一篇作品。

那时我已经开始偏科，语文前几名，数理化只能考几分。高二时候，我不愿意无端消磨光阴，决定退学，把自己培养成一个作家。

我每天仍旧背着书包出门，到近郊的坝子上溜达，路上人迹稀少，不大会碰到熟人。然而天越来越冷，快下雪时，我瞒不住了，跟我爸坦白了。

我爸问，你将来不会后悔吗？我说，不会。我爸说，那好。但是你这么小，也没有生活基础，待在家里写作是不行的，我去打听一下，你这种情况，有没有学校可以读。

我们一开始想去南大作家班，那个班总不开学，等了大半年，得到的消息是明年才开，而且学费好像是一万二。是的，就是这么贵，我现在都记得我也感到了压力。

我们不想再等，我爸托人去问复旦大学，很快得到消息，复旦有个作家班，虽然这作家班已经开学一个多月，但他打电话去问了，可以插班入读。我爸决定第二天就带我去。

正好有个叔叔第二天去蚌埠出差，蚌埠当时是铁路枢纽城市，去上海的车会相对多一点儿。我们搭他的车先去蚌埠。

谁想我坐不惯轿车，车行不久，就吐得一塌糊涂。我爸只好带我下车，在路边等来一辆大巴，招手拦下，站着来到蚌埠火车站。到那儿就见乌泱泱的都是人，排了很久的队，才买到两张当晚的站票。

那是我平生乘坐的最拥挤的火车，之前，我从不知道，人可以被压缩到这种程度。厕所里站着人，座位底下躺着人，我们几乎是跐着脚站在走道上，不用扶任何东西也不会跌倒。

时不时有乘务员推着售货小车径直走来，一些人只好脚踩座位旁边的栏杆，双手抓着货架，将自己悬空起来，但这还是激怒了那个乘务员，她叫道："赶紧下来，瞧你们跟个壁虎似的。"可是，你让人家朝哪里下呢？

就在这一团混乱中，我和我爸大着嗓子，谈王安忆、王蒙，也谈当时最红的余秋雨，谈我的下一步。美好的明天正在徐徐展开，几乎完全将乱糟糟的当下覆盖。

凌晨五点，我们到达上海站，站前广场上天色清灰，下面是楼群，又高又冷。我心里的那点儿不确定生出来，我忽然不敢乐观，明白自己踏上了一条不可以回头的路。这条路人迹罕至，我不确定自己走得通，我知道我在冒险，我怕我爸不知道我在冒险。

像刘姥姥似的一路打听着，换了两趟公交车，我们来到邯郸路上的复旦大学，报了名，交了厚厚一叠学费，领了蚊帐之类。我爸带我来到宿舍，帮我铺床挂蚊帐。宿舍里有两个女孩子，都是作家班的，很热情，我爸操着家乡话跟她们交谈，我却感到一丝不安。

就像林妹妹初入荣国府，生怕走错了路说错了话让人耻笑了去，我爸这么高门大嗓的一口家乡话，她们会作何想？然后我又看到旁边的空床上，挂着一件特别时髦的连衣裙，我想睡这张床的，一定是一个特别洋气的女孩子，她很快就回来了吧，她会有怎样的眼神。

我催着我爸回去，我们下车时他已经买了返程票，我奶奶那段时间身体不好，他不太放心。同屋的女孩子有点儿不忍,说叔叔太辛苦了,让他先在这儿休息一下吧。我爸犹豫着,想去小卖部帮我买点儿日用品,但又担心去车站的路不熟,耽误了火车,就把口袋里的钱都掏出来,留了几十块零钱,剩下的都给了我,就离开了。

那个晚上,站在窗口,对着大片的黑夜与凉风,我哭了。想着还在火车上颠簸的父亲,他有没有座位,能睡上一会儿吗?他如此辛苦地将我送到这里来,最后会不会被证明尽是徒劳?我赤手空拳站在这里,真的能给自己打开一个未来吗?

后来我爸说,返程的火车人倒不是很多,他一上车就趴在小桌上睡着了。朦胧中感到有三拨小偷光顾过,翻他的口袋,他头都不抬,就那么几十块钱,贴身放着,小偷偷不去。

下了火车,也是凌晨,没有公交车,旁边的三轮车招揽生意,他一问,要三块钱,他决定走回去。

一路走着,又渴又饿,看到路旁有卖烧饼的,他买了一个烧饼,再走几里,看到卖茶叶蛋的,再来个茶叶蛋,吃下去,还是饿。于是又买了一套煎饼果子,他平时不吃小吃,这次发现这煎饼馃子真好吃。这些东西加一起,正好三块钱。

我爸说的时候大笑着,似乎很满意,又有点儿自嘲。

留在上海的我没有这份豁达,我这人有点儿敢做不敢当,牙一咬眼一闭都跳下去了,掉到半中间开始害怕,害怕不能成功又没有工作,无法谋生,过着朝不保夕的生活。

一年半之后,我从上海回到家乡小城,确实很经历了一番颠沛流离,经常深夜睡不着,害怕这种处境会延续一生。

我爸似乎看出了我的怕,有次跟我说:"不用急,你老爸除了工资,还有稿费,再养活你十年二十年不成问题。十年二十年,你总能写出来。"

现在想起他这句话,还是觉得很感动,感动于爱,也感动于信任。换成我自己,都没法在这么长的时间线上保持信心。可能在孩子退学的那一刻就崩溃了,但是崩溃毫无意义,乐观才有无限可能,也才是唯一正确的。

如今我爸的各种不平、不甘，那种形之于色的忧愤与彷徨，何尝不是一种乐观。在他心中，依然有个对的世界，他的各种努力，都是要把那个对的世界找回来，包括写作。不管经历多少打压，都不放弃对那个"对的世界"的坚持，这是对自己生而为人的一种尊重。

我想起我爷爷，我爷爷的父亲——那个一百多年前拼命逃离饥馑的山东人。他贫穷、平凡，随时会因任何自然或人为的灾难死去，但他一路疾行，揣着爱，揣着不甘于被命运倾覆的宏愿，揣着以乐观为底色的勇气，沿着大江大河，抓住一线生机，将生命延续下来，一直到我和我的后代。

一切因果，自有来处。

四

早几年我爸身体还不错时，在郊区弄了块荒地，每天坐一小时公交车跑去种菜。有天他正在田间忙碌，一个女孩走过来，看了一会儿，然后说她心里难受,问能不能跟他聊会儿天。

我爸说,能啊。

姑娘和种菜老头聊的是她刚刚失去的爱情。她告诉我爸,她是附近的大学生,她男朋友本来说放假带她出去玩,结果带了别的女孩。

我爸说:"这不是很好吗?总比你结了婚发现他三心二意的强。"

姑娘说:"可是我特别爱他,他很有才华,是个诗人。"

我爸说:"诗人更不行了(写诗的朋友请原谅我爸的偏见),顾城是诗人吧,他老婆都被他害死了。戴厚英写过一篇文章:'有女莫嫁天才郎',天才不一定适合做丈夫,没天才装作有天才就更糟糕。"

话说到这里,姑娘没工夫悲伤了。她问我爸,大叔,你是做什么的?我爸说我就是附近的农民。姑娘说,不像,不像。

我爸回家说起这件事,我由衷感叹姑娘真是火眼金睛,随便找个"树洞",都能精准地发现他这个"妇女之友"。

这名号是我送他的，我记忆里我爸有不少女性朋友。我去他办公室，常见有阿姨找他聊天。有时人家把电话打到家里来，若是我或我妈接的，就会捂着话筒，神秘兮兮地喊他："找你的，女的。"他和女同事聊业务，聊上半个小时是常态，我们全家都不觉得有什么。我爸和她们，就是友谊啊。

男女之间可以有友谊吗？我觉得和个人境界有关。有的男人见到女性，只觉得对方是女的，只看长得美不美，或者是不是贤惠。那个胡兰成夸自己谦虚，就说他见到每个女人，都觉得人家是可以做他老婆的。那确实没法有友谊。

而我爸欣赏职业女性，能看到人家的学问、见识、专业素养，他尤其佩服女作家、女教授。有时他也会言过其实地夸奖我妈处理问题水平高："就你这水平，当个县委书记也是呱呱叫的。"

在他心里，女性可以独立于婚姻之外。听了上面提到的作家戴厚英的演讲后，他回来兴奋地对我说："一个人要是有本事，不结婚也可以。"戴厚英当时单身，他认为这种纯粹的生活状态更能保持创造力。

不过，"妇女之友"这四个字，主要着眼点，还是对于女性的友爱之心。我送他这么一个称呼，是因为许多时候我们家如同妇联，有被伤害的女性频频登门。

她们有的是我爸同事，有的是同事的妻子，还有的是同行。来处不同，但同样神情黯然，丈夫有了外心，她们孤单无助。

有人会拿出旧情书，念对方当年写下的海誓山盟；有人会历数这些年的付出，言辞凄切，说这么多年情意全都喂了狗；也有的絮絮然然讲述怎样与小三缠斗，负心人竟悍然站在小三一边……

不得不说，旁听这些的过程中，我认识到了人生无常，爱情尤其无常。拿旧情书当呈堂证供，不免刻舟求剑了。

但在我爸看来，情书就是契约。如果阿姨是他朋友的妻子，他会跑去劝那朋友。但这事儿哪带劝的，几次下来，对方开始烦他。有次我爸指着一个翻着白眼不睬他的朋友怒斥:"你现在就是坐在道德的炸药桶上,随时身败名裂……"回到家犹愤愤不已。我啥感觉呢?只觉得,就算要站在道德高度指责人家,也不必满嘴书面语吧?

他帮阿姨写长长的应诉状,慷慨激昂,力透纸背。多半没用,有的还是离了。阿姨再来,就只剩下倾诉,像祥林嫂一样,一遍遍说着:"我真傻,真的……"那些有关爱恨情仇的细节,我听得耳朵都磨出了茧子。

有个阿姨是每天早晨吃过饭就来,我爸在家,她就把车轱辘话说上一遍又一遍;我爸不在家,她就坐在那里等着。后来我简直怕她,有次我爸妈不在家,我上厕所回来,远远看到她正要拐进我家所在的巷子。估摸着她没看见我,我赶紧转身转一大圈再回来。

我在我爸面前发牢骚,我说,我现在都理解她丈夫了,她这样子真没法爱。

我爸说,你这样说话不公道,女人生孩子,做家务,说起来是情分,客观上说就是投资,不然人家凭啥对你那么好。现在你升官发财了,就不要人家了,还是人吗?人都谈不上,还谈什么爱?

我不知道我爸这话会不会政治不正确,但就那个阿姨的事而言,都是实在话。许多年后我再想我爸这话,他会这么想,是因为在他心里男女是平等的,不能仗着性别优势就占人家便宜。

我爸走路上,看到男人打女人会厉声喝止;看到女人,尤其是老太太拎着重东西会主动上前帮人家拎。不过也曾自讨没趣过,有次他从火车站出来,看见前面有个女人带着孩子,拎了一大堆东西,他跑过去帮人家拎,一不小心看见女人给孩子使了个眼色,意思是,跟紧他,别让他溜了。

我爸大感受辱,之后没那么爱帮人拎东西了,但别的事上仍不改古道热肠。屋后五十岁大妈也肯跟他说自己月经不调的事——那时我爸是个三十多岁的年轻男人(并且英俊过人,有照片为证,我和我弟都没能继承),他热心地帮她买来乌鸡白凤丸,据他说,有所改善。

对了,在我们家,没有月经羞耻这件事,邻居女孩到我家串门，看到我爸跟我讨论吃什么药对痛经有效，非常震惊，说在他家很难想象。更震惊的其实是我，痛经，不就是一种平平无奇的生理现象吗？

我写过我爸重男轻女，写的时候有点儿伤心，现在更多地觉得他值得同情。他自己也是个受害者，受害于他的故乡习俗——没错，我不觉得那是我故乡，故乡和血缘、族谱一样，是男性社会衍生出来的概念，我是女的，只有往事，没有故乡。

他出生的那个地方，没有儿子，死了不能进祖坟。我弟出生之前，我爷爷这一系已经有了好几个孙女，街坊邻居的议论暗讽，必然会给我爸带来压力。所以，有了儿子，他欣喜若狂。他觉得儿子才是自己的，女儿最多是锦上添花。

但他人品好，实事求是，虽然有点儿重男轻女，但并不恃强凌弱，不会觉得男尊女卑，他因此对我还不错，也总能与女性保持友谊。我爸身上优点很多，不过对于他是"妇女之友"这件事，我尤为满意。

我舅姥爷

一

大舅姥爷去世前我去看他，他刚结束了半个月的昏迷，可以喂下点儿流质的食物，但双眼紧闭，面如枯槁——这两个字造得好，都是木字旁，从被子里露出的那张脸，确实有一种枯木的质地和色泽，纵横的纹理，仿佛是木雕大师的别具匠心。在我们告辞时，他眼角滚出的一滴泪，证明他还活着。

人活到最后，只剩下活着，但有人是将富贵贫贱、幸福磨难都经过。我的大舅姥爷呢，他这一生，幸福占比太小，受的磨难，似乎比他这一生都长。

大舅姥爷是我妈大舅，他年轻时有个外号叫"细腰"。一个男人叫这么个外号挺奇怪，村里人就叫我看:"你看你舅姥爷腰多细。"我坐得远远的,透亮看正挑着水桶走过来的舅姥爷,他肩膀宽宽,线条凌厉地直下,正是如今所言的"倒三角"。

农村人不谈审美,只说他一看就是个庄稼把式。他干起农活的确又灵巧又舍得出力,还会得一手好厨艺,谁家办红白喜事都请他去做饭。这么个人,却打了一辈子光棍,在当时倒也不稀奇,一个破落地主出身,能抵消掉全部的好处。

他祖上有些田地,到他父亲手上,据说还有几十亩,但都是些薄田,好点儿的都被他父亲赌博输光了。他母亲去世得早,父亲总是在年前把那点儿地租输掉,年后青黄不接的时候,就带着两个儿子去逃荒要饭。

小舅姥爷说他那时只有五六岁,最怕他父亲让他坐到筐里去,另一只筐里已经装了锅碗和棉被,扁担一挑,就可以上路。他总哭着不肯上去,但最后,还是坐在筐里,跟着父亲和哥哥,一路要饭,来到六安一个叫徐集的村镇,驻扎在那里,到割麦时节才离开。

十多岁时,他们变成地主羔子,田地被没收,唯一的一张太师椅,也被工作队扛走,但比起邻村被处决的那对"恶霸地主",已经应该念佛了。大舅姥爷说他小时候去亲戚家喝喜酒,曾见那对父子,都戴着金丝眼镜,是人人见了都要屏息禁言的体面人,说枪毙也就枪毙了。

两个舅姥爷的婚事因此被耽误下来,媒婆见了他们家人都躲着走,我姥姥说也曾有一家人,有个独生女儿,那年修房子,大舅姥爷去帮他们打土坯,他们看中了他,希望他能入赘,老两口跟前跟后地与他商量。说到这儿,我姥姥把嘴一撇,说:"他才不干呢。"

大舅姥爷一辈子就吃亏在心高气傲,出身让他不得不低头,但他要在别的地方找补回来。不管他怎么勤扒苦做,家境也很难改变,不请自来的,是无数中国人谈之色变的一九六〇年。

最先饿死的,是舅姥爷他奶奶,也是我姥姥的奶奶,我妈喊她太奶奶。这个太奶奶,是我妈荒芜的童年记忆里的一抹暖色。家里有点儿啥好吃的,太奶奶都会给我妈留着,还时不时叫大舅姥爷跑上几十里地,送去从附近沟渠里挖的藕、钓的鱼虾、捞出来的鸡头米,加上树上结的枣子等,满满一筐好吃的。

饥荒年月一开始,太奶奶就不肯吃饭了,从公社食堂里打回来的那点儿稀汤端到面前,她掉过脸去,硬饿。两个舅姥爷求她吃,她说:"傻孩子,我吃了,你们吃啥?我是死得着的人了,你们年轻轻的,还没活成个人呢。"大舅姥爷说,直到最后,她牙关都咬得铁紧。

隔了那么多年,大舅姥爷的口气很平静,我听了却有些异样的感觉,看着眼前这个衣衫褴褛的老头,我想,他原来也是被人全力爱过的啊,他的奶奶,知道这个大孙子后来会度过孤苦一生吗?

大舅姥爷的父亲紧随其后。先是浮肿,然后觉得哪儿哪儿都不舒服,跑到县城去看病,还去了他女儿,也就是我姥姥家。我姥姥不大待见他,要他回去,他回去后不久就死了。我妈说,哪是什么病啊,就是饿的。

我觉得我姥姥未免凉薄，我妈说，也是怪他一辈子不正混。再说，那时候，给他吃了，我们就得饿死，你不知道那大饥荒啊，经常有人走着走着就倒下去。树上的叶子全部被捋光，冒个芽就被摘掉，榆树什么的就不用说了，地上长的剔剔牙又苦又涩还有刺，也被人薅回去煮汤。就那样后来还照旧能长出来，那是老天养人。种子要在粪便里泡过才能种下去，不然人家就扒出来吃掉，就这么着，点下的花生，照样有人扒出来，回家使劲烀了再吃。有一次，我眼尖在地上看见一粒绿豆，捡起来嚼了，比现在吃开心果什么的都香。

偷窃成为必需的生存技能，即便大队派了专人看管，仍然有无数双眼睛，在暗处窥视着土地上那些不允许收割的粮食，就像白蛇准备偷盗救命的仙草。

那是最为可怕的三年，之后也没好到哪里去，能吃顿饱饭还是在1978年之后，舅姥爷的地主帽子也被摘掉。他感谢政府，有天，有人要饭到他门口，舅姥爷进锅屋舀了一勺稀饭，随口问，现在年景这么好,你咋还出来要饭呢?要饭的顺嘴叹道,这不都怪邓小平?舅姥爷"咣当"把勺子掷回锅里,骂道:"你这个懒汉,你还怪上邓小平了!"要饭的无趣地去了下一家。

年景好了,地不够种了,大舅姥爷寻摸着还能干点儿啥。他当年逃荒要饭一度还给人打过长工,去过些地方,知道货郎挑子受欢迎,他眼皮子活络脑子够使,这活儿,他干得了。

他托我爸买了辆凤凰自行车,在城里批发了些针头线脑布匹糖果,又弄了个拨浪鼓,走乡串户地吆喝上了。生意挺好,他不断骑行数十里进城,在我家歇脚,有空时帮着我妈搭把手带下我弟弟。我爸现在还记得,他用条脏得看不出本色的扎腰带系在我弟弟身上,我弟弟像个小狗似的,朝前挣着爬楼梯,对于我和弟弟,大舅姥爷都是最为亲近的长辈。

靠着这小买卖,大舅姥爷成了村里的冒尖户,走起路来腰杆直直的,眼睛看到天上。我小时候去他家,就听隔壁女邻居捂嘴窃笑:"你看你大舅姥爷傲的,果真钱是人的胆。"

也有人来给他说亲了,大舅姥爷一概拒绝。我姥姥最了解这个兄弟,说他是怕人家来家吃他的。你大舅姥爷啊,最"尖"了。

吾乡,这个"尖",指的是吝啬。大舅姥爷的"尖"也是出了名的,都说他"手头票子不少",但舍不得吃,舍不得穿。村里人都住上瓦房了,他还是那几间茅草房,快塌了,才勉为其难地盖了两间小房,人和牲畜一个屋。晚上,人们听着广播拉着呱,总能听见那头大黄牛不甘寂寞地哗啦啦尿起来。

大舅姥爷最大的爱好是数钱,闲来没事儿,他就坐那儿数钱,或是朝床上一歪,或是往树下一靠,掏出口袋里那叠钞票数啊数的,每一次点数,似乎都有一种"人生若只如初见"的喜悦。

正是这个爱好,断送了他的货郎营生。那回,他一大早出门进货,午饭时候也没回,下午,他脸色灰灰地回来了。我妈问他咋了,他拿出一个酒瓶底大的茶色玻璃,朝桌上一放,不说话。问之再三,才知道,他这大半天,都在等那个把这块茶色玻璃"抵押"在他这里的人。

是那种老骗局,一个人卖所谓祖传宝贝,另一个人想买,没带钱,转脸看见大舅姥爷,求他把钱先垫付一下,以这宝贝再加一块手表做抵押。说自己回去取钱去,马上就回来,还有重谢。

大舅姥爷垫付了三百块,然后等啊等,等到旁边开小店的人都不落忍了,提醒他说,这人是个骗子。大舅姥爷方才明白上当了,失魂落魄地转回家来。

我妈听得啼笑皆非,问他怎么就能信了。他说,那人将头发绕在玻璃上烧,烧不着,要么你再试试?我妈"啪嗒"就把那块玻璃打在地上,碎成两半。旁观了整个过程的我倒好一阵担心,万一那真是个宝贝怎么办?万一人家找上门来要怎么办?这当然是多余的,此事的唯一后果是,我大舅姥爷再也不愿意进城进货了。

他沉默地结束了货郎生涯,又去想别的致富门道。村里修水渠时,他在村口卖过"胡辣汤",我还去喝过几大碗，至今仍记得那种彩旗飞扬、锣鼓喧天的欢实劲儿。

施工队撤了之后，他试着种西瓜、香瓜等经济作物，还养过一种安哥拉长毛兔，卖兔毛。等到这个营生也逐渐衰落，他去帮村里的窑厂看砖窑，这个活最后被窑主亲戚顶掉了，他就到城里来找我爸，让我爸给他找点儿活干干。

我爸当过多年记者，这点儿人脉是有的，就把他安排到附近的一个单位看大门。这个工作对于大舅姥爷，真是得其所哉。他上了年纪，睡眠少，帮上下夜班的人一再开关门也毫无怨言。他话少，生得威严，那个单位，从领导到普通员工，对他很有些尊重，过年的福利也分给他一份。

大舅姥爷在这个职位上干了好几年，七十三岁那年回到家乡，一是那个单位不再雇用七十岁朝上的人，二是他相信"七十三八十四，阎王不请自己去"的说法，他希望能死在自己亲手盖的那两间小砖房里。

这一愿望没能实现。他回去不久，马圩子被开发商看上了，动员村民拆迁。大舅姥爷不答应，村里停了他的水，他就去井里打水；停了他的电，他本来就不怎么用电，唯一的家用电器就是那两盏五瓦的灯泡。这下，他干脆睡到门口屋檐下，还可以防止拆迁队偷摸着拆了把他活埋里面了。

我仔细了解过开发商给出的价码，一平方米赔偿四百块，加上宅基地的补偿款也不过五六万，而开发商新建的房屋一平方米为两千元，也就是说，赔偿的那点儿钱，只够买个二三十平方米。

实在是过分，我赞成大舅姥爷对抗到底，不过此时已是深秋，似乎不必睡在屋檐下。我跟大舅姥爷说，有什么事儿，给我打电话，需要的话，我可以立即赶回来。

过了好一阵子，大舅姥爷那边没有动静，我打电话问我妈，我妈说，他已经答应人家了。我惊叫道，这怎么行？我妈说，别人都搬走了，就他老哥俩待在那里，好像他们多难缠似的，村里人也老说他们，他们就搬了。

唉，其实我也懂，大舅姥爷爱他那房子，但更爱面子，生平最怕给人添麻烦，更受不了人指指戳戳，尽管，明摆着他是受害方。

接下那笔拆迁款之后，他和小舅姥爷一道，依傍小舅姥爷的养女生活。养女已经出嫁，和丈夫住在附近的集市上，有个上下一共两间的小楼，两个舅姥爷，就在楼下搭了两张床。那五六万补偿款，加上以前的积蓄一共十二万，他们一把交给了养女。

白天，养女夫妇出去打工，两个舅姥爷就帮他们带孩子，做家务，赶上逢集，大舅姥爷到门口支起补鞋摊子，小舅姥爷帮村委会扫垃圾，如果都能健健康康的，日子倒也颇能过得。

但大舅姥爷开始生起病来，也不是什么大病，他这一生，用这身体太狠，养护得又不够，像是一辆年老失修的破车，三天两头地要进修理厂。大舅姥爷每次进医院，都会被医院下住院通知单。

大舅姥爷是五保户，按政策医药费全报，但不知道哪个环节出了问题，医院的电脑里，硬是找不到他的名字。养女去找镇政府管这事儿的，管事的叫她去找村委会，村委会则赌咒发誓说报上去了，还叫她去镇上。

再去镇上，管事的那人正在跟几个人打牌呢，眼睛盯着牌说，等我把这回打完。好容易等他打完了，那人站起来，从包里抽出个塑料袋，上集买菜去了。等他买菜回来，还是那句话，找你们村委会去。

不得已，我找了跑新闻的同事，同事辗转找到该镇一个分管文化卫生的女副镇长。女副镇长答应得很好，就是不解决。

其间周折我也忘了，一筹莫展之际，我发了条微博，说了这件事并"艾特"了当地县委公号。这条微博被一些影响力比较大的朋友转发。很快，舅姥爷的养女打电话来说，镇里派人来看他们了，答应马上帮他解决，同时也抱怨他们不该捅到网上，委屈地说："我们不就打个小牌吗？"倒说得大舅姥爷很不好意思，转脸就骂那养女不该到处讲。

大舅姥爷从此可以顺顺当当去住院了，住了几回之后，他不肯再去。说他看了那住院单子，每次都要花一两万，虽然不要他掏钱，那也是国家的，他这把年纪，不能这样糟蹋国家的钱。

大舅姥爷就那样在家里躺着，以微弱的生命力，与命运硬抗。直到那个春天末尾，大舅姥爷终于将生命清零。

他没有留下子女，也未曾听说有什么感情瓜葛，他这一生，活得像一块石头，唯一的意义，似乎只是在石头上留下风雨的痕迹。

二

歧视链无处不在，比如在马圩子，老光棍是人们怜悯同时也有点儿轻视的对象，而在所有老光棍里，我小舅姥爷处于歧视链最底层。他亲哥说起他来，都要叹一声："这辈子白活个人。"意思是他毫无用处，毫无建设，窝囊糊涂地过了一生。

在大舅姥爷眼里，就算是老光棍，也要成为老光棍里的翘楚。他本人就是。

我妈有三个舅舅，二舅最精明，虽然同样出身破落地主,"家庭成分高",还是想办法娶了妻生了子,有了热热闹闹的一大家人。

大舅和小舅都打了光棍,老兄弟俩没分家,搭伙过。

他俩有点儿像《熊出没》里的熊大和熊二,大舅姥爷精明强干,样样来得,小舅姥爷正相反,一辈子活得像个笑话。在他们村,一提起我小舅姥爷,人人脸上都会露出轻松愉悦的笑容,不知道是想起小舅姥爷诸多逸事里哪一桩。

他比较著名的一个哏叫作"好山芋叶子揉的糠"。话说有次大舅姥爷叫小舅姥爷去集上买些干山芋叶子回来——山芋是吾乡常见经济作物,叶子晒干了可当干菜,类似于干豆角。

小舅姥爷去了半天,买了回来,大舅姥爷打开看是一包糠,还卖了个叶子的价。

大舅姥爷大怒,脱了鞋就去砸小舅姥爷,小舅姥爷一边躲闪,一边分辩:"人家说了,这是好山芋叶子揉的糠。"大舅姥爷差点儿没哭出来,一生要强的他偏有这么个傻弟弟。

自此"好山芋叶子揉的糠"就成了他们村过不去的哏。我那年休学,跟我姥姥去马圩子。晚上他们家总坐着许多闲人,村里还没通电,单身汉的家是天然会所。小舅姥爷舀糠去喂猪时,有人吟唱般地说:"好山芋叶子揉的糠啊。"一屋子人都笑了,小舅姥爷那张苦脸上也露出笑纹,被大舅姥爷翻了个白眼。

我后来想,小舅姥爷不明白叶子是叶子,糠是糠吗?也许知道,他太老实,问了一下,人家给他个答案,他就接受了。我为啥会这么想?因为我有时也会这样,不敢问,怕问出自己应对不了的真相。有许多蠢,本质上是弱,这么一想,忽然就和当年的小舅姥爷共情了。

小舅姥爷更著名的笑话,大家都是私下里讲,但笑得更厉害了。这个事,就是小舅姥爷的婚事。

改革开放后,"家庭成分"不再是脸上的红字,村里的单身汉也开始想解决自己的婚事,有一种途径是找个从外面带回来的女人。

所谓"带回",是从极其偏远的外省山区"带回"。二十世纪八十年代末,有些地方还有人不能吃上一口饱饭。本地人跑过去,巧舌如簧,将江淮农村描绘成人间天堂。女孩子被蛊惑,跟了他们去,被"介绍"给那些单身汉,他们收一笔不菲的中介费。

说来跟拐卖也差不多,不同处也许只是,"带回"的女人不完全失去人身自由。马圩子姓氏混杂,相互间钩心斗角,用我姥姥的话就是,谁也见不得谁好,不会全村齐心协力看住一个女人。

只是,来都来了,所见纵有落差,可能还比家里略好;再说,中间人就算不赚这个差价,路费得有人出吧。尽管女子是被诓骗来的,但在人家地盘上,哪敢反驳呢;还有第三点,她们这么跑了出来,家也难回了。种种顾虑之下,大多选择妥协。生儿育女之后,除了口音,和村里人没有太多差别。

苦命人到哪儿都苦,知道挣扎无益,便不挣扎了。小舅姥爷是老实人,不会招揽这种事,但这天,有人主动上门了。

也是村里人送来的，是一对外乡男女，南方口音，自称兄妹，说是两人去北方投亲，半路上盘缠用完，还迷了路。现在打算让妹妹就地嫁人，"哥哥"拿了彩礼继续前行。他们跟人打听，人家都说小舅姥爷人好，家里也还过得去。

听起来很离谱，那年月不稀奇，有很多年，一丁点儿物质就能够决定一个女人的一生。

据邻居说，女人不能说多俊，但长得喜兴，笑眉笑眼的，小舅姥爷动了心。大舅姥爷疼弟弟，加上作为长兄的责任感，愿意成全他。

这省吃俭用的老兄弟俩，咬咬牙拿出三千块，给那个"哥哥"彩礼之外，还办了一场酒。我去马圩子时，村里人笑着对我说："你小舅姥爷当时高兴的啊，买了好大一盘炮，脸上的笑就没收起来过。"

女人也是见人满脸笑，笑了半个月，人不见了。在马圩子，这是一件意料之外、情理之中的事，你太想娶老婆，就有可能遇上"放鹰"的，谁也不能说自己一定就逃得过。到这时，村里人对我小舅姥爷还是一种设身处地的同情。

有天几个男人在一块儿叙话,有人笑道:"三千块睡了十五夜,你这一夜要花两百块。"千不该万不该,小舅姥爷低声嗫嚅道:"哪有,一次也没睡过啊。"

男人们强烈震惊兼好奇,纷纷问小舅姥爷究竟,小舅姥爷知道再朝下说对自己很不利,但情势所迫,也只得说出女人以各种理由不让他近身,包括但不限于来月经、肚子疼等。那时已过端午,小舅姥爷都是抽点儿稻草铺在地上睡的。

男人们从目瞪口呆到哈哈大笑,觉得这个人傻到无法同情,小舅姥爷在"好山芋叶子揉的糠"之外,又落了个"三千块买个肚子疼"的名头,村里人说起来就会笑得前仰后合,男女皆然。

大舅姥爷气死了,气他们老兄弟俩的积蓄打了水漂,也气他这弟弟实在太笨。就有了开头那句感叹。

能干的大舅姥爷一度来城里打工,我爸安排他到一个招待所去看大门。这份简单差事,被大舅姥爷干得活色生香。他工作勤谨，哪怕是深更半夜，有人叫门便应声而起。人家会送些废品给他作为回报，他整理后卖掉，是一份日常小确幸。业余时间，他学会修鞋、修自行车，手艺居然很精湛，附近的居民有需求便来找他，又是一笔收入。

可惜后来招待所出新规，不再雇用七十岁以上的员工，为了肥水不流外人田，大舅姥爷临走前推荐了小舅姥爷。

有大舅姥爷珠玉在前，招待所负责人欣然接受了小舅姥爷。小舅姥爷来到城里，心里只有一个字——"怕"。他害怕大街上的车水马龙，用不好抽水马桶，但最让他怕的，还是人。

招待所的人来来往往，他没法像大舅姥爷那样认清楚，人家交代他的事，他也听不明白。有天一个女人将自行车停在门岗旁，对小舅姥爷说："我去办个事，你帮我看着点儿啊。"小舅姥爷还没弄明白怎么回事，女人已经走了。

过了大半天，女人回来了，问："我的自行车呢？"小舅姥爷惊惶地看过去，果然不见了。女人不依不饶起来,说小舅姥爷看丢了她的车,甚至说是小舅姥爷叫来"同伙"偷走了。

情急之下,小舅姥爷跪倒在地,涕泗横流,指天发誓,说他绝对没有偷自行车……

乱成一团的时候,我爸来了。我爸问那个女人:"你有没有把自行车交到他手上?"女人说:"但是……"我爸不容她说下去,又问:"他有没有收你看车费?"女人才张嘴,我爸说:"也没有吧。那你自行车停这里跟他有什么关系?他是看大门的,不是给你看车的,你这属于敲诈勒索,是违法犯罪你知道吗?"

女人瞪着眼睛,索性拍着大腿撒起泼来,一个男人推着自行车走过来,正是那辆"失踪"的自行车。原来女人的丈夫经过此处,看到自家的自行车,猜到是老婆停在这里的,竟然没打招呼,摸出口袋里的备用钥匙骑走了。办完事送还回来,正赶上这场混乱。

女人的羞惭自不必说,这场无妄之灾将小舅姥爷吓得够呛,当下吵着要回去。我爸稳住他,让他再适应一下。不想没几天，小舅姥爷遇上了更大的麻烦。

这天深夜，一个住宿的客人喝多了酒，从窗户里爬出来，顺着管道就要往下爬。声音惊动隔壁客人，把小舅姥爷喊了来。小舅姥爷叫那人别下来，他不理睬，闭着眼睛继续下，眼看着就要到地面，脚一软，踏空摔下，被人送到医院，医生诊断为骨折。

这个客人住了两天院，打了石膏，出院后第一件事，就是一瘸一拐地跑到招待所吵闹。说是那天小舅姥爷没有尽到职责，要小舅姥爷赔偿他损失。

小舅姥爷差点儿又跪下。好在有人报了警，不多会儿，警察来了，把这个人和招待所负责人一起带走，让他们自行协商。

经此两劫，小舅姥爷觉得城里危机四伏，他一刻不得安生，铁了心要回乡下，我爸只好随他去。

他回到乡间，继续老老实实地活着，从早到晚忙个不停，放羊、喂猪、拔草、施肥……闲暇时，他歪在床上看书，每每看得忘我。

他有一个没刷过漆的白茬箱子，满满都是书。我在马圩子时，经常扒拉那个箱子，里面有《三侠五义》《岳飞传》《水浒传》等，每一本都包了书皮，毫无破损，只是被摩挲出了一种包浆般的油润感。

我拿了一套《岳飞传》去看，看完再换别的。我掉进了一个演义的世界，在这个世界里，我还有一个熟人，就是我小舅姥爷。不管是饭桌上，还是在他拿铡刀铡猪草时，一聊起书里的人与事，一向寡言的他，眼睛不由得发亮，话也稠了起来。

王侯将相、三教九流，仿佛都住在他家隔壁，他更熟谙那些刀枪剑戟，知道有神通广大的人怎样与各自的命运狭路相逢……两者对照，很难说，他对哪个世界更投入一点儿。我猜，就是这种投入，让他不为现实中的不如意所伤。

当然他见识不高，认为武则天、妲己都坏，但也就那么一说，并不觉得她们就该死或者怎样。他对任何人都没有恨意，像一棵小草，无力又无辜地面对这纷纭世界。

毛姆说，阅读是一座随身携带的小型避难所，

"培养阅读的习惯能够为你筑造一座避难所,让你逃脱几乎人世间的所有悲哀"。我说"几乎",是因为我不想夸张到说阅读能缓解饥饿的痛苦,或者平复你单相思的愁闷。但是一些好的侦探小说和一个热水袋,便能让你不在乎最严重的感冒的不适。

毛姆这话说得很好又很有分寸,许多时候,阅读像一根救命稻草,将你从不幸的泥潭里打捞出。这种不幸不一定是惊涛骇浪般悲惨的命运,还包括平庸乏味。我不太聪明的小舅姥爷,窝窝囊囊的小舅姥爷,通过阅读避开这种不幸,阅读不但能让他多活一个维度,还让他变成一个始终保持温柔之心的人。

我妈总是会忆起,小时候这个小舅舅对自己的疼爱。后来我姥姥帮他领养了桃子,我在另外一篇文章里,写到过他是怎样将小小的桃子捧在手掌心里,给这个被遗弃的女孩让我看了都眼热的爱。一个人心里有那么多爱,一次次感受过爱的幸福,就不算白活一场吧?

甚至于,他在村里人眼里沦为笑柄,不正是因为他的温柔良善吗?他相信了放鹰者的谎言,尊重女子的意愿，不是因为他笨，而是尽管知道世道险恶，他也无法对他人施加一点儿暴力，这辈子对他来说最难的，就是欺负人。

他胆小、羞涩——在我们家看电视，每次看到男女亲热的镜头，他就会像个听话的孩子一样低下头去，我爸说起来就要笑。

他是这样一个没有一点儿侵略性的人，稍遇恶意就一溃千里。他只能生活在熟悉的村庄，在哥哥保护下。但是他还是在内心建立起一个开满花朵的世界，我不觉得他的存在，比那些强悍粗糙的人更没有价值。

他没有做错过什么，被欺骗、被辜负不是错，倚仗强力，欺凌与剥夺他人才是错，小舅姥爷在这世上，只施与过爱，从未作过一点儿恶。也许我小舅姥爷是笨拙的，但他笨拙地将一个信条坚持一生而从不动摇，这何尝不是他平凡的伟大？毕竟，这世上有的是无能又凶恶的人。

就在几天前，我一生受苦受累的小舅姥爷辞世，享年八十三岁。这笨拙善良的人，必然安好。

小舅姥爷的养女

一

小舅姥爷去世时八十三岁，算不上高寿，但已不至于让亲友不能释然。桃子还是哭得很惨，眼睛没干过，看到的人都叹："没白养啊没白养。"桃子听了这话，又是眼圈一红，私下里，她对我说，她不知道她的任务完成得怎样。

借用那个频频出现在各路网络热文里的句式，桃子是一个被陷在养老困局里的女人。

桃子来到这世上时不怎么受欢迎，她出生之前，家里已经有了三四个女儿，她父母还想赌一把。她母亲临盆那天，犹如开赌石，结果令人失望，于是启用了 Plan B（备用计划），把她交给了等在旁边的女人。

那天深夜，我的两个舅姥爷已经睡下，忽然嘭嘭嘭有人敲门，一个襁褓递到他们手上。来者说受我姥姥之托，我姥姥早就叮嘱她，有人家不要的女孩，可以送来。她的两个弟弟没有娶上老婆，她总觉得他们膝下得有个孩子。

在吾乡，我听说过溺死女婴的事，但都是特例——也许是我孤陋寡闻。吾乡更普遍的现象是，将不请自来的女婴送出去。像我舅姥爷的那个村庄，历史原因导致老单身汉很多，改革开放后，他们日子好过一点儿了，也想有个孩子。不受欢迎的女孩有了去处，生身父母还能拿到点儿"辛苦费"。

我两个舅姥爷没有这个意思，尤其是大舅姥爷，他习惯了潇洒的单身汉生活，一个人吃饱，全家不饿，谁也别想花他一点儿钱。再说这么个活孩子怎么弄？给她吃啥？哭了咋哄？还要换尿布……这天我姥姥不在家，她去阜阳也就是我家了。

来人不管这么多，把小孩朝床上一丢就走了。舅姥爷只好去找邻居家女人帮忙，把这一夜对付过去。第二天一早，大舅姥爷怒气冲冲地骑着自行车，来到六十公里外的我家，叫我姥姥赶紧回去。

我姥姥无视她弟弟的情绪，兴高采烈地回去了。

我姥姥给孩子起名"桃子"，但这孩子长得更像个枣核，瘦弱，皱巴巴，整夜啼哭不已。她两个月时，我姥姥把她带到我家来，吾乡规矩，出月子要挪挪窝，她锐利的哭声让我家四十余平方的两室一厅更显逼仄。

我爸啧有烦言，我姥姥说他心肠坏，对人家孩子不好，两个人原本紧张的关系雪上加霜，我姥姥搬到了我妈厂里分的那间宿舍。

换地方不能改变桃子被非议的命运。我妈人缘好，厂里姐妹无事时都喜欢去她宿舍聊天，她们和我姥姥不见外，有个阿姨第一次见到桃子时惊呼："俺大娘，你咋弄了个屁塞子？"

这话不好听，但那些阿姨说话向来生冷不忌，而且带孩子是真辛苦，那年我姥姥已经五十大几，弄这么个娃娃在身边，不就是给自己找麻烦吗？所以我姥姥不生气，只觉得这阿姨风趣。

她内心强大，不认为桃子是屁塞子。有次我刚放学,她把桃子塞给我,我说要写作业,我姥姥不高兴了,说:"你不要瞧不起她,将来谁指望谁还说不定呢。"

我如遭雷击,在我姥姥眼里,我还不如这个只有小猫大的孩子?当然这个判断里多有感情因素,这就更让人伤心了。

桃子的到来还给我带来实际困扰。我姥姥给桃子吃一种奇怪的辅食叫奶糊,里面有牛奶也有淀粉。桃子胃口小,奶糊一不小心做多了,我姥姥就把剩下的盛出来,刮在碗里,让我吃,说:"干净的,干净的。"

我知道是干净的,但成天看那个小婴儿各种屎尿屁,对她吃的这腥乎乎的玩意儿很难不感到恶心啊。

我休学那年十二三岁,桃子两三岁,在马圩子,我姥姥叫我带她。有时我去后庄子姨姥家玩,我姥姥也让我把她带上。

姨姥爷是老师,跟我很谈得来,当我们关于三国的话题刚刚展开,桃子就开始吵个不停。二十年后，我的两岁小儿也如此这般，三十来岁的老母亲很烦。可当年那个十二三岁的少女却不得不打叠起十二分耐心，千方百计哄幼儿入睡。

好容易桃子睡着，我蹑手蹑脚地走出来，对外面的人宣布："万事大吉。"啼哭声跟脚出来，姨姥爷笑道："一吉也不吉。"

好在更多时候，是小舅姥爷带。桃子喊他"爸"，喊大舅姥爷"大爹"。我四十大几的小舅姥爷确实呈现出"老来得女"的喜悦。有时我姥姥不在家，我带桃子睡，他早晨过来给桃子穿衣服。穿袜子时，他将那小袜子握在手里，在空中一晃，说"小麻雀飞走了"，逗得桃子咯咯地笑。

小舅姥爷是有名的呆子，八棍子打不出一个屁来，现在他无师自通地学会那种宠溺的语气，简直是一种本能。我真是羡慕嫉妒恨，我爸没这样跟我说过话。

桃子不肯好好吃饭，他把桃子扛在肩头，哄一顿饭能转整个村庄。小小的桃子对他的各种颐指气使，他用"女儿奴"的卑微欣然接受。村里人看了都笑，说："没有稻子，稗子也是好的。"

就是通过小舅姥爷，我看到抚育孩子能让人如此快乐，单纯的忘我的快乐。后来我妈忆童年，说这个小舅舅也就比她大十来岁，但特别疼她，口袋里有一分钱，也要摸出来给她买糖吃。

小舅姥爷这种人，就是天生疼孩子的人，可惜他早年因为成分高，打了光棍，我姥姥弄来个桃子，让他的爱有了用武之地。

大舅姥爷骄傲高冷，但桃子也能让他那张铁铸般皱纹纵横的老脸现出笑纹。桃子偶尔有个头疼脑热，老兄弟俩的天都要塌了，两张老脸上愁云密布。在那个年代，大多数孩子在自己亲生父母那里也不会被如此重视。

二

我姥姥也疼桃子，但她疼爱的方式很奇葩。我说过，她自己省吃俭用，却会给桃子买成箱的健力宝，每天发一罐。方便面、火腿肠也是一买好多，在她的认知范围内把"最好的"都给桃子。桃子因此被惯坏了胃口，吃不下正经饭菜，我记得有次舅姥爷卖完兔毛，拿绳子在桃子腰上一拴，挂在大秤上一称，她只有二十斤。

我爸说，桃子这么瘦也跟她的"心理卫生"问题有关。我爸在卫生局干过，早年想当医生，所以会知道这种新名词。我模糊地知道我爸的意思，我姥姥这人，从晴空万里转换到电闪雷鸣只要一瞬间，气头上会像老鹰抓小鸡似的，抓过桃子就打，为此屡屡跟大舅姥爷翻脸。

但很难说我姥姥对桃子的爱比大舅姥爷少。我住在马圩子的时候，有个早晨，我姥姥说，我们今天去桃子家。我有点儿蒙，这不就是桃子家？我姥姥说，去她亲爸亲妈家，她为桃子计之深远，想着等他们死后，桃子不能没个亲人，得去帮她跟她爸妈接上头。

大舅姥爷不同意，收养孩子的人家，都怕孩子跟亲生父母拉扯，将来落个一场空。老姐弟俩吵得不可开交，但大舅姥爷从来没有拗过他姐姐，这次也一样。在那个阳光明媚的早晨,我姥姥带着我和桃子,朝三公里外的桃子父母家进发了。

我们一进村,消息就传达四面八方,看热闹的乡亲蜂拥而至——在没有抖音、村里连电都没通的二十世纪八十年代末,谁肯错过这么一出认亲大戏?

桃子的母亲也得了消息,在一众女儿陪同下迎上前来。她没哭,脸上更多的是受宠若惊。

两地相隔不远,她应该早就听说过我姥姥的名头,我姥姥的标签除了"难缠",还有一个是"有本事"——我姥姥经常领着乡亲们进城,找我爸带着看病、打官司、找工作。

但桃子妈的"受宠若惊"主要还是她没想到还能再见到送出去的女儿,当年情急之下只能硬着心肠生死由命,日后未必没有愧疚。覆水难收,还能怎样呢?现在,我姥姥居然将孩子送上门来了。

桃子妈尽己所能地招待了我们,给我们每人端上一碗荷包蛋,我碗里有五个,我姥姥又拨给我三个,妈呀,那天我一口气吃了八个荷包蛋,创下了平生之最。

之后，我姥姥和桃子家开始走动，她家里人对桃子还不错，若不用做取舍，谁不愿意多个亲人呢。

桃子自小跟着我姥姥在亲友间云游，见多识广，说话厉害，每每有我姥姥的声气。她六七岁时到我家来，看不惯我爸惯着我弟，说："一个熊儿子，惯得不像样，也舍不得打。"口气居高临下如我姥姥，逗得我爸哈哈大笑。

我爸还发现她反应快、眼睛尖，说她不大的体积里，有一半是脑子。

我妈不能置身局外，看出桃子被老姐弟仨惯出一身小毛病，时不时敲打她几句，但也护着她。有次我洗过头，还没干，头发上一两滴水滴到坐在地上玩的桃子身上，她笑嘻嘻地去抓我的腿。我就势一脚，力道并不大，但那个"势"对了，桃子翻倒在地上。

苍天可鉴，我这一脚，有一点儿烦躁，但更多是闹着玩，伤害性和侮辱性都不算大。但目睹了全过程的我妈不干了,将我劈头盖脸一通骂,说:"要是你在人家家里,人家对你这样,我心里啥滋味?"

我听得一脸问号,感觉在她心里,我是穷凶极恶飞脚而起,将桃子踹翻在地,事实完全不是这样啊。等到我自己有了孩子,想象这一幕若是出现在我娃身上,不管对方到底存什么心思,当妈的确实都无法接受。不过我当时挨了骂,算是两抵了。

桃子上到初中毕业时,看看成绩没啥指望,回了家。我弟开着照相馆,我姥姥想叫桃子来打工。我弟不愿意,我对桃子还有点儿打小处出来的感情,我弟只觉得我姥姥很烦,桃子更烦。他记着小时候被我姥姥说"四指宽的小脸疼个啥"的仇,桃子的脸,怕还没有四指,在我姥姥眼里怎么就那么可爱呢?

我妈出面了,她一开口,我弟只好答应。我妈背地里跟我说:"你不知道,我一回去,看见那老兄弟俩那个眼巴巴,心里真难受。"

桃子进照相馆后不觉得这工作来之不易,她很强势，我弟弟不在时，大家玩什么游戏、吃什么零食都要她决定。终于有一天，她连我弟弟一块儿得罪了。我弟弟一时三刻就要她走，我姥姥大吵大闹，和全家决裂，我妈左右为难，恨不得去死。最终，桃子离开了。

桃子后来去了外地打工，从省城，到江浙，后来又回到家乡。20岁那年，通过相亲认识了后来的丈夫，收了不算多的一点儿彩礼，就嫁了。我去参加她的婚礼时，她告诉我，在农村，她这个年龄，算是"剩女"。

我姥姥立意要风光排场地送她出嫁，大发英雄帖，召来诸亲戚。女眷们挤在房间里，看我妈给桃子准备的嫁妆。其中有套大红锦缎四件套，我妈十分得意，说她早就给桃子备下。我不平衡，半开玩笑说："咦，我结婚时你可啥都没准备啊。"被我妈翻了个白眼。

桃子的亲人也有所表示，给了不少钱，不过小舅姥爷是唯一的女方家长代表。新郎新娘离开前向他行礼，合影时，我看到小舅姥爷眼圈通红，显然狠狠哭过了。

我心里微微惊愕,我知道婚礼上做父亲的常难免一哭,但总觉得是氛围到那里了。音乐太煽情,父亲还要牵着女儿的手,交到新郎手中,我结婚时没整这一出,我爸就很淡定。

小舅姥爷落泪,是因为看到桃子的童年在眼前一一回放?还是因为看着这个从小就被交付给未知的孩子,又一次踏上不确定的路途?

桃子在婆家住了一段时间,生下女儿后,全家回到舅姥爷身边。他们在镇上打工,小舅姥爷就帮他们带孩子,像若干年前带桃子那样,水平不高但极其投入。

小舅姥爷一辈子舍不得花钱,常年靠咸菜下饭,家用电器除了一盏五瓦的灯泡,就是一台收音机。但听桃子跟丈夫商量贷款买车,他毫不犹豫就给了他们十万块,这是他和哥哥毕生积蓄的一半。

我听到这些时,感觉桃子和舅姥爷是两个苦命人的互相成全。若是没有桃子,小舅姥爷真是牛马般的一生,除了劳作,一无所有。而被遗弃的桃子，在舅姥爷家得到可能在原生家里无法得到的爱，那句话怎么说的来着——这世界破破烂烂，总有人缝缝补补。

我忘了这并不是大结局，张爱玲说，短的是人生，长的是磨难，还没完呢。

三

桃子后来又生了一个儿子，孩子逐渐长大，花钱的地方越来越多——村里中小学日渐凋敝，桃子和村里大多数人一样，把孩子送进县城私立学校，两个孩子一年学费一两万，在镇上打工那点儿收入不太够用。桃子和丈夫去了附近的城市，逢年过节回家看看老父亲。

城里钱不好挣，桃子在酒店做前台，这活相对轻省干净，但挣钱不多。桃子又兼职送外卖，听我妈告诉我这些时，我难以置信，送外卖可是个累死人的差事，这还是我印象里那个干啥啥不成、吃啥啥不够的桃子吗？

是护佑她的人逐渐去世和老去？还是因为做了母亲不得不强大？反正桃子如同脱胎换骨一般，吃下各种苦，攒够在那个城市买个小户型的首付款，立下足来。

小舅姥爷却如老树逐渐枯萎，去年他得了个什么病，桃子把他弄到城里做了手术，各种擦洗搽药，都是桃子来做。桃子上夜班，在店里睡，中午赶回来给父亲做饭。父亲老糊涂了，还怪她："你怎么回来就睡觉？"桃子说我上夜班啊。

有时候回来发现父亲的尿袋洒了，弄一床，她就帮他洗。桃子也觉得很累，这个时候她会想起小时候父亲对她的好。

小舅姥爷病愈后，桃子留他在城里住。但他下不了楼，他不会按电梯，电梯的上下让他害怕。在家待着他又恐高，在偌大的城市里，他步步都是惊惧。

桃子联系了镇上的养老院，一个月收费两千块，桃子骗她爸说，一个月只要一千块。在她爸眼里，一千块也是巨款。他挣着脖子说自己住没问题，一意孤行地要回家。回家后就成天打电话，说自己这不好那不好，桃子听出他的意思，他孤独、恐惧，希望桃子回去照顾他。

八十多岁的老父亲，现在变得像个孩子，智商不太够，还很缠人。桃子没办法按他的想法来，她自己的生活也在一刻不能停息地高速运转。孩子初中毕业后上了职业高中，学费不说，青春期的孩子有很多想买的东西，桃子那时也一样，她想把自己没有得到的都给孩子。

她也习惯了城里的生活，这里的工作、朋友圈、生活运行轨道，都是她新扎下的根系，是她自己可以选择与调整的一切，她喜欢自己打下的这个小世界。她没法回去。

只能是心挂两头。在城市里，忍受良心的煎熬，想象父亲在乡下的各种可能，担心也许就在买菜、做饭、给客人登记的这一刻，父亲命悬一线，而自己一无所知。被这念头吓到后，她急慌慌地奔回去，看父亲好好地在那儿，也有一种没有理性可言的懊悔，毕竟，回来这一趟，时间和精力都要付出不小成本。

她要是隔上一阵子不回去,父亲就会一连串的电话打来,说自己快不行了,要见最后一面。听了不可能不烦躁,桃子提醒自己,许多年前,自己可能也是这样依赖这个跟自己没有血缘的人,是他将一勺勺饭喂到她嘴里,逗她笑,她不能做一个忘恩负义的人。

"狼"来的时候没有预兆。那天桃子刚下夜班,接到邻居的电话,说她爸昏倒在院子里。桃子立即叫车回到家乡,把父亲送到镇里的医院,医生说他们这里治不好,让桃子送到县里或市里。

桃子直接把父亲拉到省城,她没有联系我,我还是给我妈打电话时听说的。我给桃子打电话,得知他们正在我家附近的医院,我要赶过去,桃子让我先别过去,说这家医院让他们转到总院去。

第二天早晨我再打电话,他们已经转到总院,医生说得含蓄,大致意思是小舅姥爷动脉栓塞,治疗的话就要高位截肢,他心脏也有很大的问题,做手术有很大风险,不确定能从手术台上下来。就算手术成功，后期也有可能要在ICU病房抢救很久，人力资金都需要很大支撑，而且最后不确定会不会人财两空。

这意思很清楚了，桃子又叫了救护车拉回老家。几天后，小舅姥爷去世。

丧事是桃子操办的，繁冗事务桃子一项项办得井井有条，吊唁的人很多。在乡下，这是逝者最后的体面，得亏桃子长期维护。

据说中间有人跑来讹诈，被桃子卡着腰一通臭骂，灰溜溜地走了。我妈在一边看得简直佩服，桃子用她的方式长成了一个强有力的人。

我扪心自问，我能为我爸做这么多吗？我是有点儿迟疑的。我不曾像桃子那样在残酷现实中跌爬滚打，生存技能降到最低——算了，还是说人话吧，我没有那么能吃苦，或者说，此刻，我没法想象吃那么多苦。我很少交际，人际关系只能维持我自身微乎其微的一点儿需求，无法荫蔽他人，哪怕是所爱的人。

要说我姥姥说的那句话还真没错："将来谁指望

谁还说不定呢。"如果没有桃子，我妈就不能不牵挂她舅舅，她自己的生活已经负重累累，哪还有余力呢？我们对桃子在佩服之外，也不无感激。

但是我也得说，桃子和舅姥爷，原本是毫不相干的两个个体，他们是作为时代的受害者，才得以有了联结。爱和苦，都是从这种际遇里生出，庄子说得对，与其相濡以沫，不如相忘于江湖。只是人生不可假设，要接受当下的好，从黑暗里绽放出的花朵，它的美仍然值得被看见。

姨姥爷的侄女

二十世纪八十年末，我姥姥每次来我家，都要去一个姨姥家小住。

姨姥家距我家二三里路，走过去十多分钟，并没到需要留宿的地步。

但我家当时住得有点儿紧巴，姨姥家却有着相当阔绰的一个小院，甚至有两间专门的客房。更重要的是，姨姥这人富而仁，一年到头农村的亲戚邻居往来不断。看病的，打官司的，两间客房都住不下，要在客厅里打地铺，俨然成了村里的接待办。对于我姥姥这位发小，她尤其欢迎。

两个老太太经常坐在当时还很少见的大沙发上，谈小时候的事。你补充个细节，我修订下记忆，俩人身体不由自主地前倾，头对着头，像两个长了皱纹的小女孩。

在姨姥家，我姥姥很放松，只是我姥姥的放

松，每每跟她的控制欲成正比。她开始数落姨姥儿子早晨不起床，劝姨姥的女儿不要吃汤泡饭，好在舅舅和小姨都继承了姨姥的好脾气，一笑了之。和我姥姥呛上的，是姨姥爷那个名叫小娣的侄女。

我当时不知道她的名字是哪个字，大家念她的名字时，会儿化成"dier"，卷着舌头念，多少有点儿怪，倒也和她本人的古怪性格匹配。

小娣是姨姥爷弟弟的女儿，小娣弟弟出生时，父母嫌家里孩子多，将小娣送了人。姨姥爷听说后，叫他弟媳去抱回来给他养，小娣就此进了城。当时她四五岁，姨姥爷夫妇视如己出，姨姥很费事地帮她洗掉一头虱子，姨姥爷找关系把她送进重点小学。

她读到初二，跟不上班，自己要退学，在姨姥爷家里做做家务。姨姥爷打算等她成年就帮她找份工作。

大家都说，小娣这是因祸得福，连她的姐姐们对她的造化都很羡慕。但小娣似乎并不惜"福"，常常一肚子没好气，说话口气很冲，家里一天三顿吃什么，都是她说了算，舅舅和小姨都要避其锋芒。

当我姥姥和小娣这两个硬茬遇上，冲突自然难免，好在那时生活空间太小，吵吵嚷嚷几乎是每一家的常态。吵完我姥姥照常去姨姥家，小娣也继续以一种强势的姿态寄人篱下。

小娣是个能一分为二的人，她和我姥姥反目，对我倒还好。有时候她会和我聊聊天，告诉我她有三个姐姐、一个弟弟，她排行第四，她的名字就是女字旁加个弟。我当时不知道这个字啥意思，只感觉有个"女字旁"别有风味，不像我的名字那么大路货。

她说姨姥爷已经在帮她找人，她可能会去玻璃厂，也可能去牛羊加工厂。玻璃厂听说有点儿危险，牛羊加工厂味道有点儿重，先去再说吧，大不了将来再调。这么说时，她的眼神里有点儿迷惘，也不无希望，就像这个年龄的很多女孩子一样。

她后来去的是牛羊加工厂，还住在姨姥家里。她从厂里带回牛油，方方正正的，像块白肥皂。牛羊加工厂味道确实有点儿大，姨姥爷答应帮她再去找人。他们家现在更加上心的，是帮她找个对象。

这年小娣十九岁，长得不算美，但已经发育得很充分。个子高，偏壮实，我看《红楼梦》里讲司棋"高大丰壮身材"，心里浮出的就是她的样子。总之大家都觉得她是个可以结婚的姑娘了。姨姥托我妈也帮着上点儿心。

我妈兴致勃勃，在饭桌上和我爸商量。我爸劝她少管闲事，给人介绍对象，看似成人之美，却显示出对方在你心中的斤两。我爸说他有个同事因为给人介绍对象而大大得罪了人，这位同事以为是天作之合，对方却认为辱没了自己。

我爸可谓相当清醒，但再清醒的人，也会在某些时刻忽然上头。有天我爸有个熟人问他，能不能给自己儿子介绍一个对象，这孩子的终身大事愁死他了。

那孩子我爸见过，没啥大毛病，就长得不太好看。你要说多丑也谈不上，主要是比较矮小。不是那种普通的矮小，有一种很奇怪的压缩感，我爸说他们农村叫作"长僵了"。就是本来应该长成大个儿，不知道哪个节骨眼上出了岔子打住了，有一种发育的停顿感，不是一个顺顺当当的小个子。

他父亲是个有数的人，所以强调对女方没啥要求，农村来的也可以。这倒让我爸心里一亮，看事情要看整体。局部地看，这男孩是不行，整体地看，这男孩又行了。这个熟人本身是城二代，家里继承了两三套房子，他和妻子都在机关上班。这么说吧，这个男孩的短板虽然很短，但长板还是很长的。

小娣来自农村，无依无靠，找个家境殷实的，可以少吃点儿苦。至于说男孩丑了点儿，那年头不还有一句话吗："漂亮的脸蛋长不出大米。"

我妈把这个情况跟姨姥一说，姨姥姥很心动，当即安排两人周末见面。

那个周末，我爸妈带着我和我弟一同到场。男孩的爸妈也都来了，显然很重视。那是一对看上去很体面的中年人，衣着齐整，相貌也很说得过去，他们的儿子多少有点儿基因突变了。

估计之前很遭遇过一些挫折。他们弓着腰，谦和地笑着，像是不小心种出一畦坏庄稼，兜售时难免心虚气短。

"坏庄稼"臊眉耷眼地坐在一旁，一言不发。十月中旬，天气不算太热，他出了一身汗，衬衫半透明地贴在后背上，更显狼狈。

小娣也不说话。

只能是大人们说，说些社会上单位里的事，爽朗地笑，但时不时会突然停止，不约而同又全无默契。然后有人顶不住压力赶紧接上，整场谈话是又热闹又冷清，让年幼的我了解相亲是一件多么尴尬的事。

男方来前，我们这边的大人们讨论过要不要留饭，现在看这不太现实。男方似乎也明白这一点，在主人再不留饭就不太合适的那个时间点之前告辞了。

他们走后，大家都有些无语，姨姥说："他爸妈长得还可以。"这句话一出，大家都心照不宣地笑了。

姨姥爷说:"这孩子倒也老实,过日子应该还好。小娣,你们多处处,处着处着也许就处出感情来了。"

就是这句话让小娣炸了。她说:"什么叫处着处着处出感情来?是把两头驴拴在一块吗?我是人,不是一个东西,你们把我放哪儿都行!"说着她涕泪横飞,竟至于伏桌号啕。

全家人都看呆了。姨姥爷充其量提个建议,愿意不愿意不还得看你自己吗?咋就反应这么大?

小娣还没完,哭得掏心刮肺的,从她被送人开始,说到进城里给人"当丫鬟"。她说家里每个人都不拿她当人看,小姨给她摆脸色,舅舅半夜回来喊她起床开门。姨姥呢,一来客人就喊着"小娣倒茶",人人知道她是这家的下人。她唯独对姨姥爷没挑出理来,大概姨姥爷不怎么在家,且毕竟是她大伯吧。

她的控诉像突如其来的雷暴,让在场所有人都开始怀疑人生。平时看上去不都挺好吗?普通日常里竟有这么多黑洞。小姨后来悄悄地跟我说,她摆脸色是因为小娣把她才买的新裙子穿自己身上了,平时她的衣服都由着小娣穿。舅舅则赌咒发誓,他总共就一回没有带钥匙,家人之间互相帮助不是应该的吗?

作为旁观者的我,也受到灵魂上的洗礼。我长大后对于各种亲密关系都不太信任,绝不是我看青山多妩媚,料青山看我应如是。青山说不定烦你烦够呛呢。

那天唯一没有被控诉的姨姥爷脸色最难看,待小娣的哭闹告一段落,他耷拉着眼皮没有表情地说:"你的这个事儿你自己做主。你觉得这个家不好,你也可以住到厂里去,你已经成年了。我们养活你一场,本来也不图你什么。原以为你愿意住在这儿,看来我们都错了。"

显然他内心的挫败最为强烈。

说完,他进了自己房间,其他人也各自散去。我们一家出门时,我回头看了小娣一眼,她呆坐在椅子上,眼睛盯着桌面,像是有一张灰色的网,罩住她的脸,麻木而又模糊,方才的斗志已转化为无可遮挽的失败感。

我再去姨姥家,听说小娣已经搬了出去,也没有住厂里的宿舍。姨姥爷到底没法真正绝情,找朋友借了一间小房给小娣住。

小娣搬走之后倒是回来过几次,我从小姨那儿听到她的新消息。她恋爱了,男的是她的工友,她拿了照片给大家看,是个很时髦的年轻人,蛤蟆镜,喇叭裤,长得不能说不好,但跟小娣不太搭的样子。

但小娣是开心的,一个证据是,她吃完饭扫地时,默默地笑了。小姨问她笑啥,她说没笑啥,这是典型的恋爱中的女人的表现,小姨判断,她一定是想起和那个男的有关的一些事。

过了一阵子,小娣忽然不再登门。大家都纳罕,莫非她结婚了?我爸甚至猜她已经离开这个城市。姨姥爷不放心,跑去小娣住处,她好端端地在床上躺着呢。

人憔悴得很,说是生了一场病,姨姥爷问起那男的,她转过背去不说话,落下两滴泪。姨姥爷把她的动态带回家,大家都猜,她一定是失恋了。

之后小娣再也没来过,姨姥爷正犹豫着要不要再去找她,忽然接到帮小娣介绍工作的熟人的电话,说小娣把工作辞了。姨姥爷在家里无能狂怒,发誓再也不管她的事。姨姥不放心,到小娣住处敲半天没人开门,邻居闻声走来,说小娣早搬走了。

姨姥两口子都有点儿慌,向来夫唱妇随的姨姥忍不住抱怨姨姥爷没事找事,姨姥爷又气又急,说不出话来。他们都打算报警了,出门逛街的小姨带回一个消息,说小娣在东大街卖衣服呢。

东大街是个批发市场,也做零售,本市的潮流信号,都是从那里传导出去的,价格也比百货大楼实惠得多。

小姨没想到会在那里遇到小娣,第一眼她都没有认出来,也就是一两个月不见,小娣像变了个人。烫了头,涂着艳丽的口红,和大东街上那些卖衣服的女孩一样,披着当季流行的白色滑雪袄,系着个腰包。她表情不冷不热,告诉小姨,她现在在这里干了,就去招呼别的顾客,将小姨晾在那里,似乎吝于给她交代。

姨姥和姨姥爷听了都有点儿受伤。后来姨姥跟我姥姥说:"老年人说话一句不得掉地上,'升米恩,斗米仇',养小娣一场,没想到她在心里跟我们结了仇。还有一句话,'羊皮贴不到牛身上',不是自己生的,对她再好也没用。"我姥姥对小娣的忘恩负义简直咬牙切齿,说:"良心被狗吃了,不得有好下场。"

我姥姥说话向来狠,经常骂人"炮冲的",我爸一听就皱眉,觉得是诅咒。她说小娣没有好下场,是她常规的咒骂,在小娣身上却成了精准的预言。

我们是很久之后才知道,小娣原来还是那个摊位的"老板娘"。不知道她是怎么认识那个卖衣服的小老板的,反正俩人一见倾心,迅速谈起了恋爱。在小老板的撺掇下,她辞了职,退了房,和小老板同居了。

小老板说把欠款还完就和她结婚,但那一冬老下雨,生意不太好。小娣盼着天晴,盼着能多卖几件衣服，盼着盼着，盼来了一个人——小老板的老婆。

小老板这老婆出了名的厉害，曾经把小老板打得从二楼跳下去。这回他老婆顾不上收拾他，直奔小娣而去。小娣虽然也不是吃素的，不比他老婆身经百战，被扯着头发在地上踹了好几脚。

小老板灰溜溜地跟着他老婆走了。小娣一时几乎流落街头，后来跑到饭店里帮人洗盘子，勉强有了容身之地。再后来嫁了个比她大二十多岁的四川男人，也没什么正经职业，冬天帮人送点儿牛羊肉，夏天帮人送点儿啤酒，从中间赚点儿微乎其微的差价。小娣生下女儿之后，四川人在这边有点儿混不下去，带她们母女回了乡下老家。

"唉，等于是白养了她。"说这句话的是小娣她妈。数年之后，小娣她妈就那么坐在姨姥家的客厅里，对着满屋子人，拍着大腿，像讲人家的事一般，将小娣的悲惨经历一一道来。

正好我也在，那时我已经十六七岁，开始用犀利的目光打量世界，我发现她妈说这些时还挺开心的。大概她平时不太容易成为中心,再有就是她像刘姥姥进荣国府,虽然两手空空,能有点儿有趣的东西讲给阖府上下的人听也是好的,她还指望姨姥夫妇拉扯她儿子呢。

姨姥不断地震惊,然后有疼惜也有恨铁不成钢,毕竟小娣在她眼皮子底下长大,她曾一心想为小娣安排一份有保障的生活,哪想到弄成这样?有个亲戚总结:"做人还是要知恩图报,知道自己几斤几两,不然就是心比天高、命如纸薄。"大家都点头称是。

我觉得哪里不对,但没有说出来。我没有说出来的还有,小娣去四川之前,去过一次我家。

那晚我们一家正在厨房里吃饭,她忽然走进院子。我们全家一时都有点儿无措,不知道怎样面对她。但她这次看上去一点儿都不"个色",笑容随和疲惫。她似乎知道我爸妈心中的惊疑,却也不想解释什么,坐下来说了几句家常话,问了一下姨姥和姨姥爷最近身体可好,没说自己在干吗,就离开了。

她走后,我爸妈面面相觑,我妈说,一开始还以为她是来借钱的。我去把我妈给她沏的那杯茶倒掉,茶她没有喝,一直在手里握着,仍是温热的一满杯,我倒进水槽里,看着冲出来的一缕热气,莫名有些难过。

有很多年,我也将小娣的人生总结成性格悲剧,坏性格,会让人生突然失控,滑向不堪想象的境地。

后来我认识了更多名字里带个"娣"字的女孩,我才知道它并不是字典上"姐妹"的意思,而是希望这个女孩能够"带弟""接弟""迎弟"。刚刚来到尘世的女婴,就被当成跳到下一环节的工具人。

这种带有功能性的名字还有"婷婷",看着也很美,我是从一个叫这个名字的明星那里得知,它的意思是"停停":停下来吧,不要再生女孩了。更美的还有"涣涣",我问那个叫"涣涣"的女孩:"你这个名字出自《诗经》吗?'溱与洧,方涣涣兮'。"她白了我一眼,说她爸只是希望下一次能换个性别。

这样的名字如同烙印,她们一出生就被加诸身上。然后希望她们若无其事、阳光明媚地生活。就像小娣,被当成一只小狗随意托付,自幼漂泊在一个又一个他乡,没有任何人给她一个解释。大家都觉得,这已经是很好的生活,你原本可能会活得更糟。因为,你是一个女孩,你托生于一个不受欢迎的性别。

不是性格决定命运,是命运决定性格,是小娣的命运让她又强硬又脆弱,又暴戾又无助,又敏感又愚钝,让她显得很有攻击性,失去被同情理解的基础——童话里那些得到救助的女主就算不美丽,也一定是无辜和弱小的。

但她的本质是一个蹲在墙角哭泣的小女孩,如果当时也有人能蹲下来,问问她为什么哭,是不是她的人生走向就会完全不同?没有人这么问,甚至没有人想起来这么问,大家对她背负的东西视而不见,一个"古怪"的评判就把一切结束掉。

她想从这种被随意放置的命运里出走,婚姻

是她唯一可以发挥的空间。但是她资本少，经验少，却赋予婚姻对抗那强大世界的使命，慌乱中一步错，步步错，她的婚姻，不过是她不幸命运的叠加。但是大家都觉得，是她自己不知好歹，才落这么一个现世报。

明白了这些，我不再像过去那样迅速而轻易地给人下结论，甚至读到书里那些不怎么可爱的人，也会想想他们的来路，他们成为那样的人，是不是要自己负全责。《了不起的盖茨比》里有句话，说我的父亲曾经给过我一个忠告，当你打算批评什么人时，要想想对方是不是有你所具有的条件。大抵如此。

我不知道小娣如今生活在何处，处境有没有改善，只希望小娣不管过得好不好，都能成为心安之人，宿命的问题，无须自己扛。

钟点工张小姐

我家上一位钟点工离职时，朋友把小张介绍给我，说很不错。有多不错呢，她觉得，小张假如不干这一行，干别的，也能有一番作为。

当小张来到我家，我对朋友的话由衷怀疑，这个小张看上去很是木讷，活倒是干得还不错。她走后家里都亮堂了，垃圾桶、饮水机、扫地机器人被擦得雪白——我再也不怕我妈突然来我家了。

我跟朋友反馈，这个小张挺好的，话也少。朋友笑起来，说："你不跟她说话，她就不跟你说话。你跟她说话，她也会跟你说话。"

我感觉朋友的这个话大有深意，似乎小张是个很能说话的人，说得我倒有点儿怕。我家曾请过一位钟点工，哪里都好，就是话多，她看我开空调，问："你为什么开空调？"我说："热。"她说："可是我觉得不热。"看到快递箱子会踢上一脚，问：

"这是什么?"我怕引出新问题,就说:"没什么。"她的过于好奇,成功地把她来的那天变成一周里让我压力最大的一天。

为了避免历史重演,我想好了尽量不闲聊,但总会随口聊点儿天气啥的,而怎样看待一个暴雨天,也能透露出一个人的三观。我渐渐觉得,小张这人"三观"挺正,遇事不抱怨,说话公道,还非常领情。

有次她说端午节去看望婆婆,她丈夫犯懒,不想去,她拖着拽着要她丈夫去。她婆婆以前跟她处不来,但她要给孩子做个榜样,不然将来儿子会觉得也可以这样对待她。而且,她说:"她那时候对我不好,是因为她强,她厉害。现在,她老了,我就这样对她,跟那时的她有什么区别呢?"

我听了心里一震,很多人受了欺负,只想变成能欺负别人的人,像她这样,有了能力之后,自觉地提醒自己不要变成自己讨厌的那种人,这境界,不知道高出了多少人。

她帮我找到了一条不见很久的项链。我说:"我就说这条项链到哪里去了。"她笑起来,说:

"我觉得你是个很在乎别人感受的人，如果是那种不太注意的人，早就直接问我了。"

她这句话让我很意外，我没有直接问，是因为我家的东西经常不明不白地消失，又经常不声不响地出现，我懒得去找。我没想到，对于她来说，感受会有那么大的差别。看来，人不在某个位置上，真的很难感同身受。

我们有时也会交换八卦，小张说起她认识的一个人一个月只有两千块钱，日子过得挺那个什么襟什么肘的。我说捉襟见肘，她说对对。

这个事情很有意思，我知道她只有小学文化，这个词不知道她是在哪里看到的。看到了，没记住，但是那一刻，她感觉这是最合适的一个词，像一个写作者那样，固执地要把这个词知道，而不是用"挺那啥"之类的词带过。我简直有点儿惭愧，我自己写稿时有时犯懒，明明知道有更合适的词，但一时想不起来，都会用差不多的词应付过去。

张爱玲曾说，有人虽遇见怎样的好东西亦滴水不入，有人却像丝绵蘸着了胭脂，即刻渗开得一塌糊涂。高渗透性的人，看见好东西就会立即吸收。小张就是那种高渗透性的人。

她跟我说，她曾经不明白，有些话她掰开了揉碎了说给她丈夫听，为什么他就是听不懂，非要做那些让她不愉快的事。后来有天她给一个主顾擦书架，看到一个标题——《你不可能叫醒一个装睡的人》，她一下子就懂了，她丈夫不是听不懂，是不想懂。

这句话早就流行到近乎泛滥，我没想到，它仍能在某个时刻，让一个女人醍醐灌顶。我也吃惊于小张的抓取能力，她没有多少文化，按说对文字不敏感，但在抹布擦过书架的那一刻，她于许多书名中看见这句话并且完全领会，这就是一种学习能力。

有次她一边干活一边和我讨论，到底是外向好还是内向好。我说我觉得是外向好，外向能够让更多人看到自己，实现能量交换。只是我们现在对外向有一种误解，以为爱说爱讲就是外向，我觉得单方面的输出不是外向，外向是对这个世界具有足够的感知力，并知道怎样有效地表达自己。

她表示同意，并深有感触地说，她干家政这些年，真的开阔了眼界，见到很多稀奇古怪的东西，也听到很多有意思的说法。她的这句话倒有点儿让我肃然起敬，即使在人家家里做钟点工，她都不只是当成一个挣钱糊口的差事，同时还想在精神上有所汲取，这种在任何处境中都不想辜负此生的精神有多难得，多少人明明有更好的条件，心甘情愿地当一个行尸走肉。

有天她很高兴地告诉我，她去参加了同学会。"你还有同学会？"我很自然地吃惊起来。她笑着说："有啊，小学同学。"

更应该算发小，是她村里一起长大的几个人，一个发了财的男同学张罗的，"他们混得都比我好"。

她丈夫很奇怪她愿意去，说："人家要是问你现在干啥，你不尴尬吗？"她说："那有什么尴尬的？混得好的人，可能是因为运气好。没考上中学，父母愿意出钱让他们借读。做生意折了本，父母愿意帮他们填亏空。就算这些都没有，也有各种指点。我打小父母就去世了，我靠自己的能力，自食其力，我比谁差了呢。"

我说:"你说得太对了。美国哈佛大学有个教授也是这个观点。他认为,就算是靠个人奋斗获得成功的人,也没有资格看不起混得没那么好的人。因为大家际遇不同,并不真的在一条起跑线上。"

我跟小张说话,从来不觉得需要转换语码,或者说出于顾忌,注意措辞。她的理解力让她不但能够理解他人话语表面的意思,也能理解他人为什么这么说。那些微妙之处,常常让我们不约而同地笑起来。我有时候甚至怀疑,她莫非是我一个同行,乔装打扮潜入我家,当然这种想法实属多虑,我又不是《三体》里汪淼那种大佬。

今年年前,她跟我说,要请三个月的假。她不久前做肠镜,发现长了个看上去不太好的东西。

尽管医生说应无大碍,我听了还是有点儿难过。我从不觉得人一定要活多久,看到明星去世也无多少唏嘘,毕竟他们活着的每一天,都那么风光那么有钱。但辛苦半生的人,还没怎么享受过,遭遇这样的风险,会让人感到世事不公。

她住的那个医院,正好我有熟人在。我从来怕求人，但这次我想总得帮小张做点儿什么，就问她叫什么，跟那个熟人托付一下，虽然知道可能也用不着。

她回复："张小姐。"我一时啼笑皆非，说："要给医生全名。"她发了一张图片过来，是她的身份证，原来她全名就叫"张小姐"。那一瞬间，眼泪几乎要冲出眼眶，我知道，此"小姐"非彼"小姐"。

不是《红楼梦》里那种金尊玉贵的小姐，在本地，大一点儿的女孩子会被叫"大姐"，小一点儿的女孩子会被叫"小姐"，不知道该怎么叫的女孩子，会被人喊作"小大姐"。她的父母可能疏于给她起名字，就随口叫个"小姐"，成了她的名字。

被亲人捧在手掌心里的孩子，可以有无数小名，名字起得潦草的人，可能是被父母和命运一样潦草对待。我觉得，她应该被珍重对待。

我硬着头皮给熟人打去电话，拜托他给医生打个招呼，虽然知道这样未必有什么用处，但我想为她操点儿心。熟人是答应了，我也不知道他有没有打这个招呼。

好在她的情况很不错，最后是做了个小手术。

我转了一笔钱给她，算是我一点儿心意，被她退回。她说，这次也有其他主顾给她转钱，她谁的都没收。

她再来我家时，精神状态很不错，还拎了两大箱鸡蛋，说一箱是给我的，一箱是给医生的。我不知道说什么好，我告诉她，我都不确定那位医生有没有帮我打招呼。她笑嘻嘻地说，一定是打了，人家医院的人对我可好了。

我不能确定是打了招呼的结果，但不管怎样，她平安归来就好。

我原本就知道"一花一世界"，知道擦肩而过的芸芸众生，都有着有趣的灵魂。但是张小姐让我非常具体而且备受冲击地感受到这一点，她在一个千疮百孔的成长历程中，修复出一个完整而自洽的自我。

这跟她爱学习有关，总有人说，受到什么挫折，就跑去仰观宇宙之大得到治愈，我深表怀疑。一个开放型的人，哪怕做钟点工，也时刻能见天地众生，相反，心里只有一个小我的人，就算放到月亮上，记得的也是自家那点儿小哀怨。了不起的张小姐，让我见识了生命的强度和广度。

护工小芹

小芹出现在我们家时，我们已经一刻都不能等。

那是二十多年前，我奶奶已经失智，大小便不能自理，夜夜呻唤不已，全家人都应接不暇。

我爸的同事来我家，看到那场面，说："这样不行啊，你们得找个人。"我爸犯愁："这样的人上哪儿找呢？"那位阿姨就推荐了小芹。那阿姨说，她母亲生命末期就是由小芹照顾，他们这些做儿女的，都托了她大福了。

小芹就这么来了我家，她四十岁上下，个子不高，皮肤偏黄，头发在脑后随便一扎，说话时微微笑着。那笑容让人放松，似乎再难的事，只要她那么一笑，就有了办法。

还真是这样。她来了，我们全家就不再是慌慌张张的没脚蟹，她不但能记得我奶奶日常吃的药，还能记得特殊情况下应该吃哪些药。我奶奶那些含糊的指令，她都能迅速领会，更难得的是，不管我奶奶病中怎样喜怒无常，她都能保持情绪稳定。

我爸这人能见别人好，也喜欢指出来，这样做，他似乎能有一种写作上的完成感。有次，在饭桌上，他总结小芹是个"永远有办法的人"，小芹笑起来，说："因为我指望不了别人。"她把刘海撩起来给我们看，"人家给我看相，说我额头短，上人给的少。我只能靠自己。"

她十二岁那年父亲去世。父亲去世前给她订了个娃娃亲，是他酒友的儿子。她不愿意，那男孩腿有点儿跛，个子和她差不多高，脾气坏，见到她总是恶声恶气的。但父亲觉得男孩的父亲有倒瓦的手艺，家里早就盖起几间大瓦房，男孩还是独子，强按头定了下来。

父亲去世之后，她想反悔，母亲不许。男孩的家人时不时来帮她家干点儿农活，母亲打着骂着不许她退婚。

十八岁，她嫁过去，进门第二天，婆婆就挑着丈夫打她。丈夫虽个头不高，下手却狠，一巴掌打得她眼冒金星。她脑子嗡嗡的，心中雪亮，婆婆这是要给她个下马威——吾乡有个说法，打来的媳妇揉来的面，进门先把媳妇打服了，以后就好使了。

她想，她要是就这么受了，以后一辈子都要挨打，不是怕他打顺了手，是怕自己心怯了，再不敢还手。她没有能帮她撑腰的父兄，只能靠此刻一口气顶上去，这一次赢了，她的脚跟就站住了。

她一咬牙，拼了命，被丈夫打得鼻青脸肿也不撒手，椅子凳子抡起来就砸。丈夫惊住，没见过这么强悍的小媳妇，一迟疑，那口气就顶不上去了，被她占了上风。后来还是婆婆拉偏架，丈夫才不至于被她反杀。

说起这场胜利，她两眼放光，时隔多年，仍然能感受到那种首战告捷的刺激与兴奋。我也真心佩服，初来乍到，面对突如其来的暴力，她能够头脑清楚地做出判断，又有足够的神勇去对抗，可谓智勇双全。但从另一方面说，一个女人新婚之时先要迎战，也真是不幸。

这种战斗状态贯穿她整个婚姻。婚后丈夫带着她，去城里摆摊修鞋。她怀了孕，所有开支都得手心向上找丈夫讨要，哪怕她买一根小葱，丈夫也要跟她对账。

她原本是个大大咧咧的人，哪里记得那么多，有时候对不上，丈夫就大光其火，话里话外的意思，她存了私房钱。

那种日子太难过，她就想找个能挣钱也能顾家的活。儿子两岁时，被她托付给房东家的老奶奶，她自己出去做家政。这活收入不少，上下班准点。经常跟她一起遛娃的宝妈听了嘴一撇，说饿死都不会干家政，在人家眼里就是个下人。

她想的是，人家爱怎么想怎么想，你还能拦住不让人想？你能管住的，是自己怎么想。靠劳动养活自己养活娃，不丢人。如果有人为难自己，能忍就忍，不能忍就走人，有什么可怕的呢。

也确实被为难过。有次她被家政公司派到某户人家，进门之前，她先跟人家说，要把贵重物品收好。她第一次登门都会这么说。女主人四十多岁，面相和善,笑眯眯地说:"收好了,收好了。"

过了一会儿,她正在厨房里擦橱柜,女主人跑过来,拿了根晒衣杆,朝橱柜和吊顶之间的缝里戳,她站得高,看那缝里啥都没有。她告诉女主人,女主人变了色,说有一包首饰放在这里,是不是被她收起来了。

她莫名其妙。女主人说,你要是真没见到,那可能就是别人拿的,我报警了啊。

想报警就报警,关我什么事。但心里还是怕的,在这人生地不熟的城市,要是被人冤枉她能找谁呢。

她想了想,说:"你要不问问你家里人,是不是他收起来了呢?"女主人嘴里说着"怎么可能",还是给丈夫打了电话,她丈夫大着嗓门在那边喊,不是你让我放到公司保险柜里的吗?

女主人一时有点儿下不了台,抬脚走了。

下次公司又派她去,她不想去,公司换其他人去,女主人居然投诉公司随便换人。她被气笑了,你都不问问家里人,直接就怀疑偷了你家东西,我怎么可能再去你家呢?

但不管怎样，做家政收入还是可以的，星期天也能休息。她带着儿子逛公园，给他买个气球，再买个烤肠。看儿子欢天喜地地在草地上跑，她心里有说不出的惬意，感觉自己对生活开始变得有办法。

儿子像她，虽然学习成绩一般，上了技术学校，但生活能力很强。三岁就开始洗自己的小内裤，五岁时，已经会下面条还能在里面打个鸡蛋。

孩子六岁那年，有小超市找人做开荒保洁，活不少，但钱很多。她想着肥水不流外人田，叫丈夫跟她一起去做，把孩子托付给房东老奶奶。

儿子说自己能行，她不太放心，但看孩子这么自信，她也要信任他，就把饭菜准备好，跟丈夫出了门。回到家一看，孩子吃了饭洗了澡，甚至把碗都刷了，那一刻她欣慰而放心，这孩子，怎么着都能活个人。

前几年他们用多年积蓄加上公婆给的钱，买了个小房子。才住进来，就发现邻居女人欺负人，把鞋架直摆到他们家门口。她跑去交涉，邻居不讲理，两个女人在走廊上吵起来。

丈夫跑出去，跟人家道歉，转头骂她没事找事。丈夫有两个毛病：一是有事没事爱找她碴儿，好像不这样不足以显得自己有能耐；二是在外面尿得很，在家里却要充老大。似这样的无理取闹也不是一次两次了，但他这次属于吃里爬外，她气得说不出话。

这时忽然听到一声："某某某，我看没事找事的人是你。"像平地起了惊雷，十来岁的儿子跳了出来，指着父亲的鼻子大骂。丈夫吓了一跳，想要发作，终究打住，悻悻然回房间去了。儿子怒视着邻居女人，对方看这娃不好惹，乖乖把鞋架收回去了。

那一刻，她感觉到儿子长大了，大到可以让当爹的感到羞愧，大到可以保护她这个母亲。

她想，虽然丈夫不怎么样，谈不上爱不爱的，但以她自身的条件，也没有更好的人选。若是不结婚呢，她就一个弟弟，弟弟娶了媳妇，她也就没有家了，在这世间未免孤单。一个不可爱的丈夫，带来一个可爱的孩子，算是收支平衡，对这婚姻，她认了。

哪承想，丈夫那边又出了幺蛾子。在她三十五岁那年，她发现丈夫出轨了。

这是某天晚上，我和她守着熟睡的奶奶时，她告诉我的。我惊叫失声。我说："你不是说他长得不怎么样吗？摆个修鞋摊子，能挣多少钱？不是说有钱才能出轨，可是人家到底图他啥？"她笑起来，像是嘲笑我想象力的匮乏，说："图他能搭把手。"

女的是楼上邻居，单身，有个行动不便的老爹。起初他们应该没什么，只是有时候老爹去医院，女人一个人没法把他弄车上，会叫她丈夫去帮个忙。她觉得这女人不容易，邻里之间帮个忙也是应该的，但是渐渐地，她发现女人经常一大早就把老爹朝他摊子前面一送，老爷子这一天的饮食便溺都由他负责，女人该干吗干吗去了。

甚至于，晚上她想去跳舞，也会把老爹推到他家门口。他欢欢喜喜地迎出去，接过老爹，看见的人都笑，说："你这又认了个干爹啊。"

说到这里，她也笑，我也很不厚道地笑了，说："倒是可以和你做同行。不过，这也不说明就有什吧,你又没捉奸在床。有人就是喜欢占人便宜……"

她说:"我从他衣服上发现了那些东西。另外,我了解他,他不是个吃得了亏的主。还有,我跟处得比较好的女的聊过,我在性欲这方面……"

我以为她要说很淡,所以推导出她丈夫欲求不满求诸他人。这也不能怪她,对那么个人,很难有多高的兴趣。

但是她说:"比一般人要强。有几次我去找他,他推说累了,我就知道不太对了。"

她的话让我非常震惊,原来,女人的爱和性也是可以分开的?

听起来是不是很像一句废话?但在当时,普遍流行的观点是,男人的爱和性可以分开,女人则不。女人必须很爱一个人,才能享受肌肤之亲。我一直觉得这个观点背后的逻辑是,男人更有动物属性,女人则是进化成更为文明的种类,但听到小芹那么说,我忽然觉得,这是不是对于女性的一种束缚?

它要求女人必须爱一个男人,否则就没有追求性的权利。也会让女人一旦和男人发生关系,就要不断洗脑自己是爱他的，如此才能将自己"洗白"。它让女性必须依附于男性，无法坦然地面对欲望。

我也惊讶于小芹坦陈"性欲很强"，她甚至精准地使用了"性欲"这个名词，像是说吃饭睡觉那样寻常。在"女人爱和性不能分开"的原则下，女性独立自觉的性是可耻的。张爱玲有篇小说里，姨太太羞辱正室，跟人说她缠着丈夫："胖子要得很呢。"正室无地自容。《金锁记》里，让儿子讲述和妻子之间的床笫之事，也是变态母亲曹七巧精准打击儿媳妇的方式。

小芹从任何一个角度来说都身处弱势，但她能够遵从自己的感觉，实事求是，自我解放，这般强大，让我心里一时有种肃穆的敬仰。

她跟丈夫挑破这件事，丈夫矢口否认，依然和那个女人拉拉扯扯。她提出离婚，丈夫轻蔑地一笑，她知道他为何如此淡定，房子写的是他的名字，房款有一半是他父母出的。

她想跟他签个协议，将来房子归儿子，丈夫不同意，说："老子还指望这套房子养老呢，凭啥给他?"她不能不考虑儿子的利益。

她就是从那时候开始做护工的,干这行可以很久不回家,回到家她也不跟他说话,就睡在客厅里。好在儿子住校,也是一两个礼拜回来一次,娘俩十天半个月总能见上一回,她觉得这样挺好。

我说:"你总不能一直这么下去吧。"小芹说:"只能这样。他跟那个女的断不了。她那个情况,好不容易找到一个可以让她脱下手的人,她怎么舍得断。他这边呢,从小就瘸,有个女的这样依赖他,他心里不知道多快活。"

我说:"那你呢?"她说:"我也很好啊,这么过下去我也不吃亏。再怎么说,他不可能在我眼皮子底下把房子给那个女的。我干吗要离婚呢?又不是有个人在那儿等着,我跳过一回坑,还会跳第二回吗?现在这样,对我来说可能是最好的。"

听她这么一说,好像也没有别的办法了。鲁迅都说过,娜拉出走了也得回来,因为她没有钱。和娜拉相比,小芹貌似经济上已经独立,但是她依然在娘家没有继承权,在夫家没有支配权。如果她离开，就只能带着身无长物的自己离开。她是一个母亲，是一个中年女人，她不能没有财产。

归根结底，女人还是太穷了。这种结构性的贫穷，把一个总是有办法的女人，变得没办法。虽然她好像找到了自己的办法，但是这也算一种办法吗？我不知道。

她似乎看出了什么，欲言又止，终于说："我现在能做到的，就是回去后不和他在一起。"我不知道这是不是也算一种办法，但这起码是困境里的她的自救，我没有置喙的余地。

我奶奶去世之后，我没有再见过她。后来我离开家乡，很少回去。但有时走在我所在的城市的街角，看着对面骑着电动车，把头发往后一扎的女人，总想，那会不会就是她。

我不知道为什么我会想象她也离开小城，事实上，就算离开小城，也未必就能离开她的世界。但我内心总隐隐想着，她要是能走得更远一点儿就好了，不管朝哪个方向，她那样有办法的人，应该拿自己的生活更加有办法一点儿。

姐妹俩

村子中心的那块空地,俗称为"饭场",二十世纪八十年代末,我休学来到马圩子,常和村里的女孩子在饭场上疯玩。我们唱歌,跳自己瞎编的舞蹈,有时会到小梅家,她家里有一些可爱的东西。

比如那些能把脸搽得雪白的脂粉、镶着亮片的头饰、夸张的蝙蝠衫和喇叭裤等,都是当时时髦的大女孩装备,一盏昏暗的煤油灯下,它们更显璀璨神秘。

小梅斜斜地靠着房屋正中那个巨大的粮仓,任由我们把脸抹白,扯过蝙蝠衫在胸前比画,脸上带着说不清是什么意思的淡淡笑容。

当隔壁房门"吱呀"一声,我们赶紧把那些花红柳绿的东西一股脑地塞到被子里。小梅说过,千万不要让她爸妈看到。她没说缘故,我们知道,这些东西是她姐姐春桃留下来的。

春桃比我们大几岁，在我到来的一年前，她和一个偶尔路过的货郎私奔了，这个大八卦，被村里人茶余饭后咀嚼不已。

据说事发时小梅她爸震怒异常，借了很多钱，找过很多地方，最终颓然而归，对家里人说："就当她死了。"从此后，他将这个女儿当成耻辱的秘密，缄口不提。如果他发现我们在试春桃留下来的衣物，一定会勃然大怒。

其实他没有必要这么介意，对于私奔这件事，马圩子人并不陌生，当时本村的主要婚姻模式是父母之命媒妁之言，三茶六礼，一样样规矩都不含糊。

但总有年轻人不甘于被安排的命运，当他们在某个不被人注意的角落里，跟谁一不小心对上了眼时，就有可能鼓起生平最大的勇气，斩断所有人际关系，和心爱的人远走高飞。

他们通常会在一年半载之后回来，生米已经煮成熟饭，没准还有了娃，双方父母也只能认命。在这种婚恋模式里，女方其实是吃亏的，挣不到彩礼,惹娘家不快,随随便便就跟男人跑了,遭婆家嫌弃,如若男人再是个不着调的,更是有苦说不出。这样的例子不少,却依旧挡不住少女们的前赴后继。

小梅倒是很愿意提起这个姐姐。她嘴里的春桃很有魅力,会用火剪烫头,用"门对子"把嘴唇搽红,"人家搽得都跟猴屁股似的,春桃搽得就好看,她长得好看。她看人的眼神,都跟别人不一样。"小梅淡淡地说。

我无法想象,小梅显然跟她姐姐并不一样,她除了神情淡,眉眼也淡,皮肤很白,就是现在流行的"高级脸"。

"其实我知道春桃在哪儿。"有一次,我和小梅在树林里割草,她这样对我说。她用镰刀在地上划拉着,草叶被割破,冒出白色的浆液。

她低着头,说:"春桃给我带信了,让我去她那儿玩,她那儿可好了,你想不想跟我一道去?"她抬起头,嘴唇牙齿上都有着柔润的光,眼睛里却有一点儿被掩藏得很好的疯狂。

我有点儿愕然,我和小梅并不算很熟,不知道她为什么做出这样的邀约。我说:"远吗?"她说:"不太远吧。走路要大半天。"

我没有勇气跟她来一场单程大半天的旅行,我说:"俺姥会骂我的。"小梅沉默了,我也不知道说什么好。我们俩一道茫然地看着远方的树行,草地上毛茸茸的,似有绿色的雾,从树与树的间隔里弥漫开来,那一刻是那样静,静得我能听到我心里有谁唱着不成调的歌:"春天来了,春天来了。"

我来马圩子是在元宵之后,一两个月过去,春花烂漫得一塌糊涂,草长起来了,轻轻松松就能割一大筐,对于村里的孩子,割草不再是繁杂的家务劳动,变成聚会的理由。

我经常和村里的女孩子们坐在草地上,像一群小蘑菇一样聊着天。小梅不在我们的行列里,她后来又试着跟我提看望春桃的话题,都被我巧妙或是笨拙地绕开了。她不再和我说话,有好几回,我看到她和村里长得最好看的那个男孩远远蹲着,她用镰刀在地上划着,说着什么,没有表情。

她会要他陪她去春桃那里吗？还是要和他私奔？她为什么首先邀请我呢？我突然有点儿后悔自己的拒绝了，同时，又害怕着这好奇。

可以说这是一场预先张扬的私奔事件。果然有一天，小梅不见了。她爸妈气势汹汹地冲进那个男孩家里，却惊奇地发现，男孩正在床上安睡，他并没有随小梅一块儿消失。

面对大人的诘问，他慌慌张张地说，今天小梅是找他一道出走来着，他没有答应，小梅转身就走了，他以为小梅回家了。

那么小梅是一个人走的？大家都难以置信。如果不是为了和一个男的在一起，为什么要踏上如此危险的路途？在大人的震惊里，我却瞬间醍醐灌顶，不只是小梅，还有春桃，以及那许许多多离家出走的女孩，远方对于她们的诱惑，也许比一个男人更大。

她们生于斯长于斯，然后嫁到本村或是邻村，这是一眼望到头的一生。如果她们此刻留下，她们就将永远留下，爱情是一个好借口，让她们能够对自己解释这源于春天的一场躁动。

小梅勇气过人,她在一场场邀约失败之后,决然地一个人上路,她真的是去投奔春桃吗?未必,后来的许多年里,我总觉得,春桃带信云云,出于她的虚构。

她投奔的,应该是一整个远方吧,她受到了春天的撺掇。春天这个概念,我是到了马圩子之后才有的,之后的很多年里,我都记得那铺天盖地的金黄的油菜花,某个河沿子上突然绽放的灼灼桃花,那些兴奋得昏头昏脑的蜜蜂与粉蝶,被阳光照得无比明亮与蓬勃的树行。在那样的春天里,必须发生点儿什么,如果错过了,一生都会感到惆怅。

第二年,我听说,小梅姐妹俩都回来了,她俩不是一道回的。春桃果然抱了个孩子,小梅只身一人归来,对这段消失绝口不提。她们的生活回到旧有的轨道,成为最普通的村妇。

春天只发生一次,而我耳闻目睹过的那个春天,对于小梅,也许是春天里的春天,一旦逝去,就永远逝去,但它必须发生那么一次。

望六纺

几年前,有个女孩子看我经常写阜阳,特地从合肥跑过去。下了车,她问当地人哪里有好吃的,当地人说,"liufang 有个小吃街"。她就想着,"liufang"具体是哪两个字呢,是"六坊"吗?后来她又通过微博私信这样问我。

我哑然失笑,哪有这么古雅,就是"阜阳市第六纺织厂"的简称而已。这地方我曾经再熟悉不过,后来就隔着一段距离,闻听它的衰落以及以各种方式再度繁华,比如说,变成这著名的小吃街。

我妈是六纺的老工人。她十八岁那年,六纺到他们村去招工,说起来是欢欢喜喜进了城,但我妈刚来到六纺时是傻眼的。她在农村虽然缺吃少穿,却落个自由自在。到这里一天八个小时,在纺织机前穿梭,不能有片刻掉以轻心。我小时候就常听我爸感叹:"你妈一天最少要跑六十华里,也就是三十公里。"

机器声隆隆,毛絮乱飞,当面说话都得扯着嗓子,到了夏天,没有降温设施的车间里,更酷热难当,我妈由不得在心里对自己说,完了,掉坑里了。

可也不能再回去,只能咬着牙朝下做,直到近二十年后,她得了肺病,才从纺织车间调到检验车间。

即便如此,那时的六纺还是让多数人羡慕的所在,收入好,福利也不错。我妈进厂后就分到一室一厅,之后她结婚,生下我和我弟,加上我爸我奶奶,我们一家五口人,栖身于那三十平方米的空间里。

但其实我们住的算是宿舍区比较好的房子,宿舍区腹地是几排筒子楼。筒子楼的劣势不用再说了,但对于孩子却神秘如城堡。我们从黑暗的这一头钻进去,经过走廊上的煤球炉子和锅灶,闪过大人的身影,再从光明的那一头钻出来,感觉非常魔幻。

我羡慕那些住筒子楼的小孩，尽管我爸妈一再说，我们家的房子更好，我还是觉得住在筒子楼里的人，声息相通，亲如一家，用现在的话说，更有一种集体主义的朴素浪漫。我那时候，对人性的复杂一无所知。

六纺的各种设施也很全，比如澡堂。我家搬走之后有很多年，我还是经常到六纺澡堂去洗澡，感觉比外面的澡堂客源单纯，因此更干净，再说厂里还经常发澡票。

检票口卖点儿小杂货，梳子、搓澡巾、香皂、袋装洗发水之类，也卖橘子汽水，洗澡出来，来一瓶橘子汽水，是无上美味，瞬间弥补了被蒸发的水分。如果是冬天，那一丝凉凉的清甜，可直抵所有神经末梢。

还有电影院，我在六纺的电影院看过《笔中情》，讲书法家赵旭之的爱情，看过唐国强主演的《孔雀公主》，潘虹主演的《杜十娘》。我奶奶大爱《杜十娘》里的台词，有时候在阳光下做着针线活，也会悠悠地念出一句。

也留下过心理阴影。厂里有个女工被高压电打死了，似乎是工伤，在厂里举行了规模极大的葬礼。我奶奶带着我前去围观，有一个女人放声号啕，我奶奶说这是逝者的姐姐。一直到现在，我从高压线旁边走过，还是胆寒。

我五岁之后，我爸单位终于分到房子，全家从六纺搬离，但那间小房子还属于我妈，我妈上夜班之前，或是下了中班之后，会去那里休息。后来我姥姥进城，也住在那里，所以我还是常去六纺，我逐渐长大，理解力增强，见到了更多。

比如，二十世纪八十年代初，开始有六纺人被派到国外工作，这是美差，当时厂里工人月薪五六十块，到了国外，一两年间，就能荣升为万元户。但是，不是有句俗语吗，男人一有钱就变坏，我妈一个姐们儿的丈夫回来就提出离婚，姐们儿一番侦查，发现他有了小三。

那段时间，那间小屋里，每晚会坐满我妈的女同事，她们义愤填膺，休戚与共，众口一词地痛骂陈世美。我那时才发现，这些看上去平凡的阿姨，原来有着如此丰富的词汇、精妙的表达,在花样翻新的咒骂中,她们的面容熠熠放光,从不曾如此美丽。

其中有个晚上,她们又一次地在小屋里讨论得热火朝天,忽然,有人注意到窗外出现一张黑沉沉的脸,是那个"陈世美"。"秦香莲"走了出去,他们一起消失在夜色中。屋里的人都有些沉默,然后,互相询问:"我刚才没说什么吧?""我也没说什么。"

魔法消失了,现实感让激情荡然无存,夜一下就很深了。

我总是周末去,周一早晨坐厂车上学,厂里有好几辆车将厂区的学童送到四面八方,漂亮的大巴车车身上印着三个字,有几年我念成"哈雨演",后来才知道是"哈尔滨"。我姥姥总是将我送到车门前,有时还会红了眼圈,虽然分别不过一个星期,但我姥姥不是感情炽热嘛。

这种炽热是一种双刃剑,一旦她发现被背叛就绝不原谅。我读初中时,有次回六纺找当年的玩伴，没去我姥姥家。怎么就那么巧被我姥姥隔窗看见了，隔着一条街，她来不及追赶我，当天晚上，就跑到我们家，把我大骂一通。

好的，说说我去找的那位玩伴，她比我大几岁，是个文学爱好者，能背《红楼梦》里所有的诗词，我到现在也背不下去，也不打算背下来。

她还能背许多唐诗宋词，尤其爱好李商隐，同时她是一个体育健将，扔铅球、掷标枪全校第一。她生得也美，身材纤长，她有个姨妈特别疼爱她，花很多钱打扮她。我印象最深的是有一年夏天，她穿了一条粉色的真丝缎裙，像个模特一样飘飘欲仙地和我走在六纺的大街上，引得不少人回头。

那时，我觉得她从头到脚都充满了优越感，追求她的男生也很多。然而她中学毕业之后，还是和大多数六纺子弟一样去了纺校，毕业后可以进厂，得到一个铁饭碗。

也有人对我妈说过："你真傻，怎么不让你闺女上纺校。"我妈说，她从未想过让我上纺校，她累了这一辈子，还不够吗？再说，在我们家，育儿这件事归我爸负责，她不想操太多心。

女伴也当了两年工人，那两年她迅速发胖，她苦着脸说："没办法，我不吃跑不动。"我就此对过劳肥这个事有了了解。后来厂里的业务每况愈下，女伴下岗，跟她的丈夫去街头卖小吃，我听到这个消息时，震惊之极，无法想象当年那个诗情画意的女孩，会这样步步走低。

又过了一些年，我听说，女伴的生意好得不得了，开了几家分店，很多人从外地驱车而来，就为了去她的店喝一碗"咸马糊"——吾乡的一种特色小吃，她现在，在阜阳的餐饮业已经很有些名气了。

你看，喜欢《红楼梦》爱背古诗词的女孩运气不会太差吧。

我成年之后很少再去六纺，我妈那间小房后来拆迁了，补偿了一套两室的新房，给了我弟弟，有天我弟弟一高兴，把那套房子给卖了，我和六纺的缘分也断了。有时经过通向六纺的路口，会朝那边望一眼，成排的楼房，像海市蜃楼一样浮现在那里，但都与我无关了。

二十三岁，在我彻底离开小城之前，有熟人请我吃饭，约在六纺，说是原来靠近厂区的一排门面，现在做成了酒吧街。

我赴约而去，看见一个个装修得挺洋气的门脸，以及风情得有点儿套路感的老板娘。我坐在其中一个包厢里，想起当年，墙的那一边有许多个车间，终日机器声轰隆。

我进去过一次，像别的女孩子那样给妈妈送饭，那天电闪雷鸣，一个炸雷打下来，我手里的饭盒哐当落下，我也滑倒在地，不由大哭起来。我妈的同事路过，将我扶起，混乱中，我遗失了脚上的凉鞋襻儿。

她带着一瘸一拐的我走进车间，跟人介绍："这是大个子的女儿。"我妈大概一米六七，在厂里已经有"大个子"的名声，可见中国人这些年真的长高了。

没有来得及赶回家吃饭的我妈看到我很高兴，看我这么惨又很心疼，用个瓷缸子打来冷饮，不过是冰镇糖水，工人劳保饮品，但是在没有冰箱的当年是个稀罕物。我觉得那一刻的我妈比平时慈祥，也自此觉得车间是个美妙的地方。

在六纺酒吧街吃完那顿饭，我就去了省城，其间十多年，不再听到酒吧街的消息，倒是有一次我问家人哪里有小吃，他们都说六纺。

于是某个早晨，我特意驱车来到六纺，物也非人也非，筒子楼不再，热闹的车间已不再，我妈妈那些工友的欢声笑语已不再，含着泪把我送上大巴车的姥姥也不再，那些玩伴，也像散落的花儿，流落四方。

然而，在这样一片土地上，还有一种熟悉的气息围绕着我，让我恍惚，几乎要掉下泪来。我像个没头苍蝇似的走来走去，走来走去，看见墙，看见墙上的宣传语，好像吃了一些小吃，但是你要问我吃的是什么，我真的，一点儿也记不清了。

家乡的格拉条

前几天点外卖，我叫的是烤羊腿，送来的却是格拉条。虽然烤羊腿比格拉条贵不少，但是在合肥居然还有格拉条，这个发现就让我很惊喜，假如收到羊腿的买家认了，我也就认了。

格拉条是吾乡阜阳名小吃，我在其他城市没怎么见到过，似乎它的命运如同北京的豆汁，本地人有多喜欢，外地人就有多不喜欢。我在百度上搜"格拉条"几个字，出来的一条就是"格拉条太难吃了"。难怪不能像沙县小吃，覆盖四面八方。

说起来格拉条不像豆汁，并无异味，不能广泛地被接受的原因，大概是它很容易让人觉得不得要领。

它应该算作面条一类，但我们知道，讲究一点儿的面条，都是手工擀制，讲究个匠人精神，这格拉条，是用机器轧出来的。机器主体是一个带着几个孔眼的小圆盘，旁边有个可以摇动的杆子，我经常看到有壮汉在店门口很费劲地摇那个杆子，可能因为面活得太硬，一条条粗而圆的格拉条，就从那孔眼中鱼贯而出。

这当然显得不高级不精致，但是从壮汉的表情你就知道，这面一定很劲道。我一向以为筋道是面条的灵魂，一口咬下去，一定要感觉到面条对牙齿的轻微抵抗，感觉有一场小型战役在唇齿间打响，然后，才能谈其余。

其余就是配料，南方人叫作浇头的。吾乡能不能叫作浇头，我很迟疑。可能是淮北平原虽然物产丰饶，却并非膏腴之地，吃面也不能像南方那样大手笔，有荤素菜肴浇在面条上，吾乡面条的配料，可以说是微乎其微的。

但是，微乎其微也有一种轻度匮乏带来的乐趣，你会感受到每一种配料的存在，并深刻领会它们存在的意义。

就说这格拉条，最能够化平凡为神奇的配料，是辣椒油，也是西北称作油辣子的。通常说来，只要这辣椒油成了，一家格拉条店的生意就成了，有许多人专为那一勺辣椒油，长年累月赶赴某个格拉条店，算是食物版的买椟还珠。

制作一份出神入化的辣椒油不是什么玄学，最关键的是火候，误差可能只是一两秒之间，少一秒香味出不来，多一秒又会焦，还没法品尝或是用鼻子闻，你闻到香味就已经太晚了，辣椒油在某种程度上，是油的余温焙熟的。

我妈就很有天分，我爸经常夸赞："你妈炸辣椒油是一绝。"我完全不行，看上去很简单的事，怎么努力也做不到，人生里有多少事都是这样啊。

然后是芝麻酱。

我 23 岁时从淮河北来到淮河南，发现河两岸最大的差异有两点。一是淮北说话习惯翘舌，学名叫"儿化"。比如说，"这点小事"，淮北人一定会说"这点小事儿"；"玩"，淮北人一定会说"玩儿"。不是我维护家乡，我总觉得，"儿化音"能够更大程度增加语言的风韵，"小事儿"是不是就比"小事"显得更小，更不值得一提？"玩儿"是不是比"玩"就显得更加兴致勃勃,更有游戏精神?

第二个差别就是,北岸的人爱吃芝麻酱,南岸的人完全不。比如说合肥最著名的那家凉皮,居然不加芝麻酱,我第一次吃到无论如何都不能理解,芝麻酱是多好的东西,就像咖啡伴侣,一勺放进去,原本贫乏的味道,瞬间香醇厚重起来。

吾乡人爱用也善用芝麻酱,凉皮要放,凉菜也要放。像吾乡特产荆芥,据说就是猫薄荷,吾乡拿来当凉菜吃,味道原本是不怎么合群的,虽然没有鱼腥草那么有冲击力,却也有一种不准备对大众释放善意的孤介。一勺芝麻酱浇下去,那个孤介的灵魂还在,但立马添加了一点儿很接地气的香和混沌,芝麻酱,就是孤介灵魂与大众之间的连接。

格拉条当然也要放芝麻酱,它是壮汉的儿女情长,是祥子般冷硬面孔上的温柔一笑,以前我还会特地跟老板说,我多出五毛钱,给我多加一勺。在我眼中,芝麻酱能调万物。

当然,过于香辣,也腻。格拉条的另外两种配料,是恰恰好的中和。一样是豆角,另一样是豆芽，这两样嚼起来都脆嫩有声，和柔韧的格拉条形成参差对照。它们不像荆芥那么有个性，味道都是淡淡的，只是豆芽的"淡淡"里有那么一点点豆腥味，豆角的"淡淡"里更有一丝清气，都是很植物的味道，是对于淀粉类主食有限但因此更显必要的补充。

一般说来，有了这几样，就是一份旗舰版的格拉条了，但是如果店老板是个有追求的人，一定不止于此。有的店家会放花生碎米，我很认同，花生碎米的香和芝麻酱是不一样的，另外，加了花生碎米，咀嚼时，除了格拉条的柔韧，豆芽豆角的脆嫩之外，还更多一点儿颗粒感。

也有人会放芹菜、香菜等，对此，我持保留意见。我在网上看到最离谱的一份配料方案是：草果用刀拍裂，桂皮用刀背敲成小块，甘草切成厚片，香葱绾结，生姜用刀拍松，红辣椒干切成段……

我没有看完就把页面关掉了，只想用家乡话问一句："你这是干啥嘞？"

从前，格拉条店的环境普遍不怎么样，黑黢黢的小屋子，油腻腻的桌子，人还爆满。有时候会让家里人从外面带一份回家吃，好在格拉条本身密度大，不会轻易地"囊"了，放凉了也美味。

几年前，我回阜阳接待从广州来的朋友思呈君，带她去吃格拉条，发现店面都已整洁很多，等服务员把格拉条端上来，它本身也没有了当年那种"糙"。不知道是我的心理感觉，还是已经失去了当年的那种饥饿感，好像没有那么好吃了。"保持饥饿"，真是幸福之源啊。

不管怎样，格拉条还是值得体验一把的，如果你去阜阳，一定要尝一尝。

有 态 度 的 阅 读

微 博 小马BOOK	抖音 小马文化	拼 多 多 小马过河图书
公众号 小马文艺	淘宝 小马过河图书自营店	全案营销 小马青橙工作室
小红书 小马Book	微店 小马过河图书自营店	投稿邮箱 xiaomatougao@163.com

图书在版编目（CIP）数据

我家 / 闫红著. -- 北京：北京联合出版公司，
2025.2. -- ISBN 978-7-5596-8081-5

Ⅰ. I267

中国国家版本馆 CIP 数据核字第 2024TW0259 号

我 家

作　　者：闫　红
出 品 人：赵红仕
责任编辑：夏应鹏
策划监制：小马 BOOK
产品经理：小　北
策划编辑：朱　蕾
内文制作：刘龄蔓

北京联合出版公司出版
（北京市西城区德外大街 83 号楼 9 层　100088）
北京联合天畅文化传播公司发行
定州启航印刷有限公司印刷　新华书店经销
字数 125 千字　　710 毫米 ×1000 毫米　1/32　9.25 印张
2025 年 2 月第 1 版　2025 年 2 月第 1 次印刷
ISBN 978-7-5596-8081-5
定价：55.00 元

版权所有，侵权必究
未经书面许可，不得以任何方式转载、复制、翻印本书部分或全部内容。
本书若有质量问题，请与本公司图书销售中心联系调换。
电话：(010) 64258472-800